LA CIUDAD DE LOS FANTASMAS

VICTORIA SCHWAB

LA CIUDAD DE LOS FANTASMAS

Traducción de Silvina Poch

PUCK

Argentina – Chile – Colombia – España
Estados Unidos – México – Perú – Uruguay

Título original: *City of Ghosts*
Editor original: Scholastic Press, un sello de Scholastic Inc.
Traducción: Silvina Poch

1.ª edición: noviembre 2018

Text copyright © 2018 by Victoria Schwab
Map copyright © 2018 by Maxime Plasse
Publicado en virtud de un acuerdo con BAROR INTERNATIONAL, INC., Armonk,
New York, U.S.A.
All Rights Reserved
© de la traducción 2018 *by* Silvina Poch
© 2018 by Ediciones Urano, S.A.U.
Plaza de los Reyes Magos 8, piso 1.º C y D – 28007 Madrid
www.mundopuck.com

ISBN: 978-84-92918-24-9
E-ISBN: 978-84-17545-01-7
Depósito legal: B-23.985-2018

Fotocomposición: Ediciones Urano, S.A.U.

Impreso por: Rodesa, S.A. – Polígono Industrial San Miguel
Parcelas E7-E8 – 31132 Villatuerta (Navarra)

Impreso en España – *Printed in Spain*

A la ciudad donde
guardo mis huesos

«MORIR SERÁ UNA GRAN AVENTURA».

J. M. BARRIE, *PETER PAN*

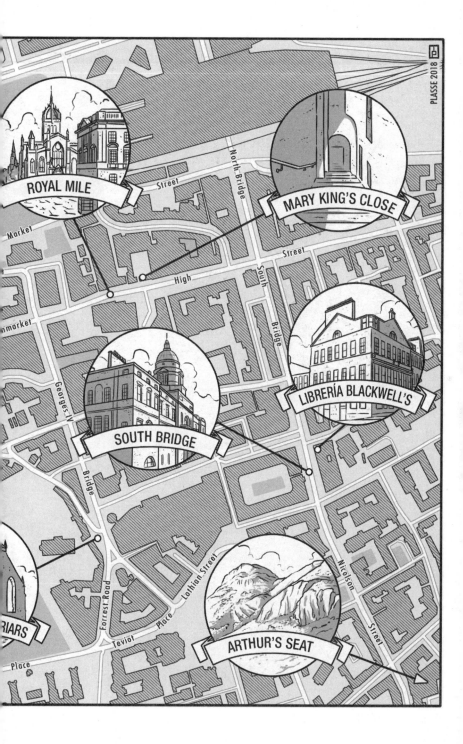

PARTE UNO

LOS INSPECTROS

Capítulo uno

La gente cree que los fantasmas solo salen de noche o en Halloween, cuando el mundo está oscuro y las paredes entre este y el otro lado se difuminan. Pero la verdad es que los fantasmas están en todas partes. En los muebles del pan del supermercado, en el jardín de tu abuela o en el asiento delantero del autobús.

Que no puedas verlos no significa que no estén ahí.

Me encuentro en mitad de la clase de Historia cuando siento el *tap-tap-tap* en el hombro, como el repiqueteo de las gotas de la lluvia. Algunas personas lo llaman intuición, otras, clarividencia. Ese cosquilleo en los sentidos que te dice que hay algo *más*.

Esta no es la primera vez que lo siento... ni por asomo. Ni siquiera es la primera vez que lo siento aquí, en el instituto. He tratado de ignorarlo —siempre lo hago—, pero es inútil: anula mi concentración y sé que la única manera de lograr que se detenga es rindiéndome a él. Averiguándolo por mí misma.

Desde el otro lado del aula, Jacob me mira y menea la cabeza. Él no puede sentir el *tap-tap-tap*, pero me conoce lo suficientemente bien como para detectar cuando *yo* lo oigo.

Me muevo nerviosa en el asiento y me obligo a concentrar la atención hacia el frente del aula. El señor Meyer está intentando, decididamente, que aprendamos algo, a pesar de que esta es la última semana de clases antes de las vacaciones de verano.

—… hacia el final de la guerra de Vietnam, en 1975, las tropas norteamericanas… —continúa el profesor de manera monótona. Nadie logra mantenerse quieto en su silla, ni mucho menos prestar atención. Derek y Will están durmiendo con los ojos abiertos; Matt, fabricando una nueva pelota de papel; y Alice y Melanie, haciendo una lista.

Alice y Melanie son las *chicas populares*.

Es fácil darse cuenta porque una parece la copia de la otra: el mismo pelo brillante, los mismos dientes perfectos, el mismo modo de pintarse las uñas. En cambio, yo soy todo huesos, mis mejillas son redondas y tengo el cabello castaño y rizado. Ni siquiera uso esmalte de uñas.

Sé que se supone que debería *querer* ser una de las chicas populares, pero, a decir verdad, yo nunca he querido serlo. Me parece que debe ser agotador solo por el hecho de intentar seguir todas las reglas. Sonreír, pero no demasiado. Reír, pero no extremadamente fuerte. Llevar la ropa adecuada, practicar los deportes correctos, preocuparse por lo que ocurre, pero sin exagerar.

(Jacob y yo también tenemos reglas, pero son distintas).

Como si estuviera preparado de antemano, Jacob se pone de pie y se dirige hacia el sitio de Melanie. *Él* podría ser un chico popular, creo, con su pelo rubio y ondulado, brillantes ojos azules y buen humor.

Me lanza una mirada diabólica antes de encaramarse al borde de la silla de Melanie.

Él *podría* serlo, pero existe un pequeño problema.

Jacob está muerto.

—«Lo que necesitamos para la noche de cine» —lee en voz alta del papel que está sobre la mesa. Pero yo soy la única que puede escucharlo. Melanie dobla otra hoja, una invitación (me doy cuenta por las letras mayúsculas y el bolígrafo rosa) y se estira hacia adelante para pasársela a Jenna. Al hacerlo, su mano pasa a través del cuerpo de Jacob.

Él mira hacia abajo, como ofendido, y luego se baja de un salto.

Tap-tap-tap, continúa la sensación en mi cabeza, como un susurro que no puedo escuchar del todo. Impaciente, miro el reloj de la pared esperando que suene el timbre del almuerzo.

A continuación, Jacob se dirige serpenteando hasta el asiento de Alice y examina los innumerables bolígrafos multicolores que ella tiene ordenados sobre su mesa. Se inclina, acerca cuidadosamente un dedo hacia ellos, se concentra en el más cercano y le da un golpecito.

Pero el bolígrafo no se mueve.

En las películas, los fantasmas inquietos, tipo *poltergeist*, pueden levantar televisores y deslizar camas por el suelo. Pero la verdad es que los espíritus necesitan tener *mucho* poder para pasar al otro lado del Velo: la cortina que separa su mundo del nuestro. Y los fantasmas que sí tienen ese tipo de fuerza, suelen ser muy viejos y no muy agradables. Los vivos pueden encontrar fuerza en el amor y en la esperanza, pero los muertos se fortalecen con cosas más oscuras, como el dolor, la ira y el remordimiento.

Jacob frunce el ceño mientras intenta golpear la pelota de papel de Matt, y no lo logra.

Me alegra que no esté hecho de todas esas cosas.

En realidad, no sé cuánto tiempo hace que Jacob está *muerto* (pienso la palabra con mucha suavidad, porque sé que no le gusta). No puede haber pasado *mucho* tiempo, ya que no tiene aspecto retro: lleva una camiseta de superhéroe, pantalones vaqueros oscuros y calzado tipo botines. Pero él no habla de lo que le sucedió y yo no le pregunto. Los amigos merecen tener un poco de privacidad… aun cuando él pueda leer mis pensamientos. Yo no puedo leer los suyos, pero, a fin de cuentas, prefiero estar viva y no tener poderes telepáticos, que tenerlos y ser un fantasma.

Jacob levanta la mirada ante la palabra *fantasma* y se aclara la garganta.

—Prefiero la expresión «con capacidades diferentes».

Pongo los ojos en blanco porque él sabe que no me gusta que me lea la mente sin pedirme permiso. Sí, es un extraño efecto secundario de nuestra relación, pero vamos. ¡Límites!

—No es culpa mía que pienses tan fuerte —comenta con una sonrisita burlona.

Lanzo un resoplido y varios chicos dirigen su mirada hacia mí. Me hundo en la silla y golpeo con los zapatos la mochila que está en el suelo. La invitación que Melanie le ha extendido a Jenna circula por la clase y no se detiene en mi pupitre, pero no me importa.

El verano está muy cerca y eso significa aire fresco y libros para leer por diversión. Significa que llega la excursión anual de la familia a la casa que alquilamos en Long Island, para que mis padres puedan trabajar en su próximo libro.

Pero, por encima de todo, significa que no habrá apariciones.

No sé qué tiene la casa de la playa, tal vez sea porque es de nueva construcción o quizás por la forma en la que está enclavada en una tranquila franja costera, pero parece haber muchos menos fantasmas allí que aquí, al norte del estado de Nueva York. Lo cual significa que en cuanto termine el colegio, tendré seis semanas completas de sol, arena y largas horas de sueño.

Seis semanas sin el *tap-tap-tap* de espíritus inquietos.

Seis semanas para sentirme *casi normal*.

No veo la hora de que lleguen las vacaciones.

No veo la hora… y, sin embargo, en cuanto suena el timbre, me levanto, la mochila en un hombro y la correa violeta de la cámara en el otro, y dejo que mis pies me conduzcan hacia el persistente *tap-tap-tap*.

—Sé que es una idea loca —señala Jacob mientras me alcanza—, pero *podríamos* ir a almorzar.

Hoy jueves toca pastel de carne, pienso, teniendo cuidado de no responder en voz alta. *Prefiero enfrentarme a los fantasmas*.

—Un momento —exclama. Pero ambos sabemos que él no es un fantasma *normal*, de la misma forma que yo no soy una chica normal. Ya no. Hubo un accidente. Una bicicleta, un río congelado. Resumiendo, él me salvó la vida.

»Exacto, soy casi un superhéroe —observa Jacob justo antes de que una taquilla se abra abruptamente en su propia cara. Hago una mueca de dolor, pero él pasa tranquilamente a través de la puerta. Y no es que me *olvide* de quién es Jacob: es bastante difícil olvidar que tu mejor amigo es invisible para el resto de la gente. Pero es increíble a lo que uno llega a acostumbrarse.

Y debe significar algo, que el hecho de que Jacob esté conmigo desde hace un año no sea la parte más extraña de mi vida.

Llegamos al lugar donde el pasillo se divide en dos. Hacia la izquierda, está la cafetería. Hacia la derecha, la escalera.

—Última oportunidad de ser normales —advierte Jacob, pero tiene una sonrisa torcida al decirlo. Los dos sabemos que hace mucho tiempo que dejamos atrás la normalidad.

Doblamos hacia la derecha.

Bajamos las escaleras y recorremos otro pasillo, en sentido contrario al tráfico del almuerzo, y con cada curva, el *tap-tap-tap* aumenta y se convierte en un tirón, como si fuera una cuerda. Ni siquiera tengo que pensar a dónde ir. De hecho, es más fácil si *dejo* de pensar y permito que la cuerda tire de mí.

Me lleva hasta las puertas del auditorio. Jacob se mete las manos en los bolsillos, masculla algo acerca de las malas ideas y le recuerdo que no tenía por qué venir, aunque estoy contenta de que esté aquí.

—Regla de la amistad número nueve —dice—, el avistamiento de fantasmas es un deporte de dos.

—Así es —concuerdo, quitando la tapa del objetivo de la cámara. Es una máquina analógica, vieja y voluminosa, con el visor roto y carrete en blanco y negro, que cuelga de mi hombro con una gruesa correa violeta.

Si algún profesor me pilla en el auditorio, diré que estaba haciendo fotos para el periódico del colegio. A pesar de que todas las actividades extraescolares ya han concluido…

Y nunca haya trabajado para el periódico.

Empujo las puertas y entro. El salón es inmenso, con techo alto y un telón rojo y pesado que oculta el escenario.

De pronto, descubro por qué el *tap-tap-tap* me ha traído hasta aquí. Todos los colegios tienen historias. Formas de explicar ese chirrido en el baño de los chicos, ese sitio frío al fondo del aula de Literatura, el olor a humo del auditorio.

Mi colegio es igual. La única diferencia es que cuando yo escucho una historia de fantasmas, tengo que averiguar si es real. La mayoría de las veces no lo es.

Un chirrido es simplemente una puerta con bisagras viejas.

Una sensación de frío es simplemente una corriente de aire.

Pero mientras sigo el *tap-tap-tap* por el pasillo del teatro y subo al escenario, sé que esta historia tiene algo especial.

Es la que se centra en un chico que murió durante una obra.

Aparentemente, hace muchísimo tiempo, cuando se inauguró el colegio, hubo un incendio en el segundo acto de *Sueño de una noche de verano*. El escenario se prendió fuego, pero todos lograron salir… o al menos eso pensaron.

Hasta que encontraron a un chico debajo de la trampilla del escenario.

A mi lado, Jacob se estremece y yo pongo los ojos en blanco. Para ser un fantasma, se asusta con mucha facilidad.

—¿Alguna vez has pensado —pregunta— en que no te asustas con mucha facilidad?

Pero yo me asusto con la misma facilidad que cualquiera. Se puede creer o no, yo no *quiero* dedicarme a buscar fantasmas. Pero, si ellos están *ahí*, no puedo ignorarlos. Es como saber que hay alguien detrás de ti y que te digan que no te des vuelta. Puedes sentir su respiración en el cuello y, cada segundo que pasas sin mirar, tu mente hace que todo parezca peor, porque, después de todo, lo que no ves siempre es más terrorífico que lo que sí puedes ver.

Subo al escenario con Jacob pisándome los talones. Puedo sentir su vacilación, su propio recelo me tira hacia atrás mientras levanto una esquina del pesado telón rojo y me deslizo hacia la zona de bastidores. Jacob me sigue, pasando a través de las cortinas.

Todo está oscuro... tan oscuro que a mis ojos les cuesta unos segundos adaptarse y ver los variados elementos de utilería y los bancos desparramados por el escenario. Una delgada línea de luz llega desde abajo del telón. Aunque todo está en silencio, hay una inquietante sensación de movimiento. El leve crujido de las bolsas de arena asentándose en las bisagras. El susurro del aire debajo de las tablas de madera. El rumor de lo que espero que sean papeles y no ratas.

Sé que algunos de los chicos mayores del colegio se atreven a pasar detrás del escenario. A apoyar el oído en el suelo y tratar de oír al chico que no logró salvarse. Una vez los escuché en el vestíbulo jactándose de cuánto tiempo había aguantado cada uno. Un minuto. Dos. Cinco. Algunos afirmaban haber escuchado la voz del muchacho. Otros decían que habían olido el humo y que habían oído las pisadas de chicos que huían. Pero es difícil saber dónde terminan los rumores y dónde comienza la verdad.

Nadie me preguntó a *mí* si me atrevía a venir aquí atrás. No tuvieron que hacerlo. Si tus padres escriben libros sobre fenómenos paranormales, la gente supone que eres lo suficientemente rara como para venir por tu cuenta.

Supongo que tienen razón.

Estoy en mitad del oscuro escenario cuando tropiezo con algo y me caigo hacia delante. Jacob extiende velozmente la mano para agarrarme, pero sus dedos atraviesan mi brazo y me golpeo la rodilla contra el suelo de madera. Las palmas de mis manos chocan con fuerza y me sorprendo al sentir que el suelo rebota un poco, hasta que descubro que estoy encima de la trampilla.

El *tap-tap-tap* se vuelve más insistente debajo de mis manos. Algo baila junto a mí: una cortina fina y gris atrapada en una brisa constante, distinta del pesado telón rojo del escenario. Nadie más puede ver esta cortina.

El Velo.

La frontera entre este mundo y otro lugar, entre los vivos y los muertos. Esto es lo que estoy buscando.

Jacob cambia el peso del cuerpo de un pie a otro.

—Terminemos de una vez.

Me pongo de pie.

—¡Cinco fantasmas! —exclamo a modo de buena suerte.

Cinco fantasmas es como *choca esos cinco* pero para amigos que no pueden tocarse realmente. Básicamente soy yo extendiendo la mano y él fingiendo que la golpea mientras ambos chasqueamos la boca imitando el sonido del contacto.

—Uf —exclama Jacob—. Golpeas muy fuerte.

Me río. A veces es muy tonto. Pero la risa se instala en mi pecho, aparta el miedo y los nervios mientras me estiro hacia el Velo.

He visto en la televisión a «encantadores de fantasmas» hablando de cruzar, de conectarse con el otro lado como si fuera cosa de pulsar un interruptor o abrir una puerta. Pero para mí es así: encontrar la parte de la cortina, agarrar la tela y tirar.

A veces, cuando no hay nada que encontrar, el Velo es muy tenue, más humo que tela y difícil de coger. Pero cuando un lugar está embrujado, *realmente* embrujado, la tela se retuerce a mi alrededor y casi me empuja para que la atraviese.

Aquí y ahora, danza entre mis dedos, esperando que la atrape.

Aferro la cortina, respiro profundamente y tiro.

Capítulo dos

Cuando era pequeña, le tenía miedo al monstruo del armario. No podía dormirme hasta que venía mi padre, abría la puerta de par en par y me mostraba que estaba vacío. Cruzar el Velo es como abrir la puerta del armario.

Claro que la diferencia estriba en que los monstruos no son reales. El armario siempre estaba vacío.

El Velo... no tanto.

El frío inunda mi piel. Por un segundo, no estoy detrás del escenario sino debajo del agua, la corriente helada me cubre la cabeza y la luz se desvanece mientras algo pesado me empuja hacia abajo...

—Cassidy.

Parpadeo al oír la voz de Jacob y el recuerdo del río desaparece. Me encuentro otra vez entre bastidores y todo está igual, pero distinto. El escenario está descolorido como una vieja fotografía, pero no tan oscuro como antes. Ahora está iluminado por un puñado de focos y puedo escuchar el murmullo del público detrás del telón.

Jacob sigue estando a mi lado, pero tiene aspecto sólido, real. Me echo una mirada a mí misma. Como siempre, estoy más o menos igual, un poco descolorida, pero sigo siendo yo, hasta tengo la cámara colgando del cuello. La única diferencia de verdad, es la luz que hay dentro de mi pecho. En mis costillas, hay un frío resplandor en forma de espiral, de color azul blanquecino, que brilla como el filamento de una bombilla.

«Como Iron Man», suele bromear Jacob. Sostengo la cámara contra el pecho para atenuar el fulgor.

—¡A escena! —grita una voz adulta desde bastidores y pego un salto. Jacob me coge de la manga para sujetarme y, esta vez, su mano no me atraviesa. Tiene más peso, o yo tengo menos, pero de cualquier forma agradezco el contacto.

—¡Segundo acto! —agrega la voz.

Y sé qué es.

Cuándo es.

La noche del incendio.

En un revuelo, como murciélagos liberados, chicos y chicas con capas brillantes y coronas de hadas atraviesan precipitadamente el escenario. No reparan en Jacob ni en mí. El telón sube y el público murmura desde la oscuridad del teatro. Mi primer deseo es agacharme, retroceder gateando entre bastidores, pero me recuerdo a mí misma que el público no está realmente allí. Este lugar, este espacio, este tiempo… pertenecen al fantasma. Y a sus recuerdos.

Todo lo demás no es más que puesta en escena.

Levanto la cámara, sin molestarme por mirar por el visor (está resquebrajado). Hago algunas fotos rápidas, sabiendo que lo máximo que podré ver en la película es una sombra de lo que hay aquí. Un poco más que lo normal. Un poco menos que la verdad.

—Y pensar —susurra Jacob de forma melancólica— que podríamos estar en la cafetería almorzando como la gente normal.

—Tú no puedes comer y yo veo fantasmas —le respondo en un susurro cuando comienza el segundo acto. Las hadas se reúnen alrededor de la reina en el bosque improvisado.

Examino el escenario, los puentes, la utilería, buscando el origen del incendio. Tal vez ese sea el motivo por el que me siento atraída por sitios como este. Los fantasmas permanecen aquí por alguna razón. Tal vez, si alguien averigua la verdad (si *yo* averiguo la verdad) de lo ocurrido, eso los calmaría y podrían marcharse.

—No funciona así —susurra Jacob.

Giro la cabeza de forma brusca hacia él.

—¿A qué te refieres?

Abre la boca para responder justo cuando aparece un chico. Es bajo, de piel blanca y tiene una melena de rizos negros, y sé que es él, el fantasma... es una sensación, como si el suelo se inclinara hacia él.

Su capa se engancha en las cuerdas y los aparejos de bastidores. Consigue soltarse, sale al escenario tropezándose frente a nosotros, pero se le cae la corona y tiene que regresar. Durante un segundo, sus ojos se encuentran con los míos y tengo la sensación de que me ve, quiero decir algo, pero Jacob me tapa la boca con la mano y menea la cabeza de un lado a otro.

La música comienza y los ojos del muchacho se nublan mientras se coloca en su lugar.

—Deberíamos marcharnos —susurra Jacob, pero no puedo, aún no. Necesito saber qué sucedió.

Justo en ese momento, oigo el silbido de una cuerda, me doy la vuelta y veo que los aparejos, donde el chico se quedó atrapado, se desenrollan y se sueltan. Una bolsa de arena se desliza, se hunde y se desploma y, mientras eso sucede, se engancha con una caja eléctrica y golpea un fusible.

Aparece una chispa (solo una chispa, realmente pequeña), pero, mientras miro, salta hacia lo que tiene más cerca: un trozo sin uso alguno del bosque de papel, metido entre bastidores.

—Oh, no —susurro mientras la obra continúa.

Al principio, no se produce un incendio. Es solo calor y humo. Humo que pasa desapercibido en la oscuridad del teatro. Alzo la vista y observo el hilo de humo que se extiende, se agranda y cubre el techo como si fuera una nube baja. Pero nadie lo nota todavía.

No hasta que por fin se convierte en fuego.

Hay demasiada madera en el escenario: un bosque hecho de placas de madera, de tela y de pintura. Se enciende con mucha rapidez y, finalmente, se rompe el hechizo de la obra. Las alumnas disfrazadas de hadas se dispersan por el escenario y el público entra en pánico, y aunque yo sé que es solo un recuerdo, el eco de algo que ya fue dicho y hecho, de igual modo puedo *sentir* el calor mientras se propaga.

Jacob me coge de la mano y me aleja de las llamas embravecidas.

Aun en mitad del pánico, mis dedos giran el anillo de enfoque de la cámara y hacen fotografías, deseosos de captar algo mientras el mundo que me rodea se convierte en humo, fuego y miedo.

Siento que se me nubla la cabeza, como si hubiera estado conteniendo la respiración. Sé que ya he permanecido mucho tiempo aquí, que es hora de marcharme, pero mis pies no se mueven.

Y luego veo al chico de pelo oscuro intentando mantenerse agachado, como nos enseñan en el colegio, pero el fuego se propaga con mucha rapidez, tragándose el escenario desde todos los lados, trepando por las cortinas. No hay a dónde huir, todo el escenario está invadido por las llamas, así que se agacha y se arrastra a cuatro patas hasta llegar a la trampilla.

—¡No! —grito, pero por supuesto, es inútil. No escucha, no se da la vuelta. Alza la tapa y desciende en la oscuridad justo antes de que un trozo de decorado en llamas se desplome sobre el escenario, cerrando herméticamente la trampilla.

—Cassidy —dice Jacob, pero no puedo apartar los ojos del fuego, aun cuando los pulmones se me llenan de humo.

Jacob me sujeta de los hombros.

—Tenemos que *irnos* —ordena y, al ver que no me muevo, me da un empujón. Me tropiezo y caigo de espaldas sobre un banco de madera. Cuando me golpeo contra el suelo del escenario, está frío. El fuego ha desaparecido, así como la luz que brotaba de mi pecho. Jacob se agacha sobre mí, otra vez fantasmal, y yo me desplomo hacia atrás, sin aliento.

A veces, como podéis ver, me quedo *atascada*. Al igual que ocurría en El País de Nunca Jamás en *Peter Pan*: cuanto más tiempo se quedaban allí los Niños Perdidos, más olvidaban. Cuanto más tiempo estoy en el lado equivocado del Velo, más difícil me resulta salir.

Jacob se cruza de brazos.

—¿Estás contenta?

Contenta no es la palabra correcta. El golpeteo nunca desaparece, pero al menos ahora sé qué hay en el otro lado. Así resulta más fácil ignorarlo.

—Lo siento. —Me pongo de pie y quito las cenizas invisibles de mis pantalones vaqueros. Todavía puedo sentir el humo.

—Regla de la amistad número veintiuno —indica Jacob—. Nunca abandones a tu amigo en el Velo.

Mientras habla, suena el timbre del colegio.

La confirmación de que el almuerzo ha concluido.

Capítulo tres

Antes de continuar, tengo que detenerme un momento. Veréis, hay tres cosas que tenéis que saber.

1. Desde que tengo memoria, hago fotografías.

Mi padre dice que el mundo está cambiando constantemente, cada segundo de cada día, y lo mismo ocurre con todo lo que hay en él. Eso significa que ahora eres diferente de quien eras cuando comenzaste a leer esta oración. Qué locura, ¿no? Y nuestros recuerdos también cambian. (Por ejemplo, yo *juraba* que el osito de peluche que tenía cuando era pequeña era verde, pero según mis padres era anaranjado). Pero cuando haces una fotografía, las cosas quedan inmóviles. Ahora son de la misma forma que eran antes, y siempre serán iguales.

Y ese es el motivo por el que me encantan las fotografías.

2. Mi cumpleaños es a finales de marzo, justo en ese momento en que las estaciones se juntan. Cuando el sol es cálido pero el viento es frío, y los árboles comienzan a florecer, pero el suelo no se ha descongelado del todo. A mi madre le gusta decir que nací con un pie en invierno y otro en primavera. Y que es por eso por lo que no me puedo quedar quieta y el motivo

(según ella) por el que siempre ando metiéndome en problemas, porque no pertenezco a un solo lugar.

3. Vivimos en un pueblo a las afueras, rodeado de campos, colinas, (una buena cantidad de fantasmas), árboles que cambian de color, ríos que se congelan en invierno y cien paisajes dignos de ser fotografiados.

Estas tres cosas no parecen estar conectadas entre sí, las fotos, el tiempo y el lugar, pero todas son importantes, lo prometo. Hilos de la trama.

Cuando cumplí once años, mis padres me regalaron la cámara, la cámara vieja que ya conocéis, con una correa violeta, un flash de los de antes y una apertura de diafragma que se controla manualmente. Todos los chicos del colegio utilizan sus teléfonos como cámaras, pero yo quería algo sólido, real. Fue amor a primera vista, y supe de inmediato a dónde quería ir, qué quería fotografiar.

Hay un lugar, a pocos kilómetros de nuestra casa, una fisura en las colinas, y cuando el sol se pone, se pone justo ahí, se aloja entre las dos laderas como cuando alguien sostiene una pelota con las manos ahuecadas. He estado allí una decena de veces y siempre es distinto. Tuve la idea de ir allí todos los días durante un año, para capturar cada atardecer.

Y quería comenzar inmediatamente.

¿Recordáis lo que he dicho sobre haber nacido en marzo? Bueno, ese año, por primera vez, hizo bastante calor como para pasear en bicicleta, aun cuando el aire todavía te cortaba el rostro, como a mi madre le gusta decir. De modo que me colgué la cámara con su correa violeta del cuello y me dirigí hacia las colinas con mi bicicleta, corriendo contra el sol, las ruedas deslizándose sobre el suelo medio congelado, por las calles, más allá de las canchas de fútbol hasta llegar al puente.

El puente. Un corto trecho de metal y madera suspendido sobre el agua, la clase de puente por el que hay que pasar por turno, porque no es lo suficientemente ancho como para dos coches. Ya había atravesado la mitad cuando el camión tomó la curva a toda velocidad y se lanzó hacia mí.

Me aparté violentamente de su camino y el camión hizo lo mismo, las ruedas chirriaron mientras mi bicicleta se estampaba contra la barandilla con la fuerza suficiente como para que saltaran chispas. Con la fuerza suficiente como para arrojarme por encima del manillar.

Y por encima de la barandilla.

Me caí. Parece simple, ¿no? Como chocar, caerse y rasparse la rodilla. Pero tuve una caída de seis metros hasta el agua, que hasta hacía pocos días estaba completamente congelada. Y cuando rompí la superficie, la fuerza y el frío me arrebataron todo el aire de los pulmones.

La vista se me volvió blanca y después negra, y cuando regresó, todavía estaba hundiéndome. La cámara me pesaba como si tuviera plomo alrededor del cuello y me arrastraba cada vez más hondo. El río se oscureció, la superficie no era más que una onda de luz que se encogía. En algún lugar, más allá del agua, me pareció ver a alguien, la mancha borrosa de una persona, todo sombra. Pero después la sombra desapareció y continué hundiéndome.

No pensé en que podía morir.

No pensé en nada, excepto en el agua helada en los pulmones, el peso constante del río, e incluso todo eso comenzó a desvanecerse, y lo único que pensé fue, *me estoy alejando de la luz*. Te advierten que vayas hacia ella y yo lo intentaba, pero no podía. Todos los miembros del cuerpo me pesaban mucho. No me quedaba aire.

No recuerdo qué ocurrió a continuación. No exactamente.

El mundo se sacudió, como cuando una película se detiene, se atasca y salta hacia adelante, y luego me encontré sentada en la orilla, jadeando, un chico inclinado a mi lado, con unos pantalones vaqueros y una camiseta de superhéroe, el pelo rubio estirado hacia arriba como si acabara de deslizar los dedos por él.

—Ha estado cerca —exclamó.

En ese momento, yo no tenía la menor idea.

—¿Qué ha pasado? —pregunté mientras me castañeteaban los dientes.

—Te caíste al río —respondió—. Te he sacado.

Lo cual no tenía ningún sentido, porque yo estaba completamente empapada, pero él ni siquiera estaba mojado. Tal vez si no hubiera estado tiritando con tanta fuerza, si no me hubieran dolido tanto los ojos por el río, si mi cabeza no hubiese estado llena de hielo, habría notado su extraña palidez, de un color más bien grisáceo. La forma en que casi, casi, *casi* podía ver a través de él. Pero estaba demasiado cansada, demasiado congelada.

—Soy Jacob —comentó.

—Cassidy —murmuré, desplomándome sobre la orilla.

—Ey —exclamó, inclinándose sobre mí—… no cierres los ojos…

Escuché otras voces, luego los golpes de puertas de coches, botas resbalando por la orilla medio congelada, el calor lejano de un abrigo, pero no podía mantener los ojos abiertos. Cuando desperté, me encontraba en una cama de hospital, con mis padres a mi lado, sus manos muy calientes sobre las mías.

Jacob también estaba ahí, sentado con las piernas cruzadas en una silla que nadie ocupaba (no necesité mucho tiempo para descubrir que nadie más podía verlo). Mi cámara estaba en la mesita de noche, la correa violeta deshilachada y el visor resquebrajado. Estaba dañada pero no rota, cambiada pero no destruida. Más o menos como yo.

Un poco especial.

Un poco extraña.

No del todo viva, pero ciertamente no…

Quiero decir, ¿puede alguien morir realmente si no acaba muerto? ¿Está realmente vivo el que regresa?

La palabra para eso podría ser *muerto viviente*, pero yo no soy una zombi. Los latidos de mi corazón son constantes, como, duermo y hago todas esas cosas que van con «vivir».

«Experiencia cercana a la muerte». Así es como lo llaman. Pero yo sé que no fue solo cercana.

Estuve encima de ella. Debajo de ella. El tiempo suficiente como para que mis ojos se adaptaran, de la forma en que lo harían en una habitación oscura. El tiempo suficiente como para que yo distinguiera los bordes del espacio antes de ser arrastrada otra vez hacia la luz fría y brillante.

Al final, supongo que mi madre tenía razón.

Tengo un pie en invierno y otro en primavera.

Un pie con los vivos y otro con los muertos.

Una semana después, encontré el Velo.

Jacob y yo estábamos dando un paseo, intentando entender nuestra extraña conexión (lo que quiero decir es que era la primera vez que se me aparecía un fantasma y también era la primera vez que a Jacob se le aparecía a un ser humano), cuando sucedió.

Estábamos acortando camino por un terreno vacío y, de pronto, lo sentí: el *tap-tap-tap* de alguien que me observaba, la estremecedora sensación de tener una tela de araña sobre la piel. Vi el borde de una tela gris a mi lado. Debería haber mirado hacia otro lugar, pero no lo hice. No pude. En cambio, sentí que me volvía *hacia* la tela. Cogí la cortina con la mano y, durante un instante, sentí que me caía otra vez, que atravesaba la superficie del agua. Pero no la solté.

Y cuando parpadeé, Jacob continuaba a mi lado, pero su aspecto era *sólido*, real, y parecía estar tan confundido como yo. Y el terreno vacío ya no estaba vacío. Nos encontrábamos dentro de un almacén, los repiqueteos y traqueteos de metal reverberaban en las paredes, y alguien, en algún lugar, sollozaba. El Velo en sí mismo no me dio miedo, pero ese sonido, la sensación de adentrarme en otra vida —o muerte— sí me asustó. Me liberé lo más rápido que pude y me marché sacudiéndome el velo como si *fuera* una telaraña pegada a mi ropa.

Juré que nunca más regresaría.

Pensé que estaba diciendo la verdad.

Pero un par de semanas después, lo sentí otra vez, el *tap-tap-tap*, el roce de la tela gris y, antes de poder reaccionar, estaba extendiendo la mano, aferrándola, apartando la cortina, mientras Jacob gruñía, se enfurruñaba y atravesaba el velo detrás de mí, a regañadientes.

Y aquí estamos, un año después.

Para la mayoría de la gente, el fenómeno de la vida y la muerte es algo muy claro. Pero algo sucedió ese día en que Jacob me sacó del agua. Supongo que yo también lo saqué de algún lugar, y nos enredamos, y ahora yo no estoy totalmente viva y él no está totalmente muerto.

Si estuviéramos en un cómic, esta sería la historia de nuestro origen.

A algunos les toca una picadura de araña y a otros un tanque de ácido.

A nosotros nos tocó un río.

Capítulo cuatro

—*Batichica*, obviamente —dice Jacob—, la reedición, no la original...

—Por supuesto. —Arrastro los pies mientras regresamos caminando a casa. Somos dos, pero solo hay una sombra en la acera. Estamos decidiendo qué cómics debería guardar en la maleta para Jacob, para las vacaciones en la playa.

—Y no debemos olvidarnos de la nueva *Skull and Bone*... —agrega.

Skull and Bone (Calavera y Hueso) es la historieta preferida de Jacob. En ella, un vaquero muerto, llamado Skull Shooter, resucita para perseguir a espíritus deshonestos junto a su perro lobo (Bone). Jacob continúa enumerando opciones, intentando decidir entre *Thor #31* y *Skull #5*, pero yo no estoy prestando atención. Algo me está carcomiendo la mente.

Cuando me encontraba en el auditorio y pensaba que podría ayudar al chico fantasma si veía lo que le sucedió, Jacob dijo: «No funciona así». Pero él nunca habla de esa manera, nunca dice *nada* sobre el Velo. Siempre supuse que no *sabe* por qué yo siento esta atracción hacia él. O cómo puedo cruzar al otro lado. O qué se supone que debo hacer ahí. Pero ¿qué pasaría si en realidad *sí* lo supiera y no me lo está diciendo?

Ahora puede oírme, reflexionando, vacilando.

—Regla número siete —señala—. No seas entrometida.

Sí, claro, pienso. Pero la más importante de todas es *que los amigos no deben ocultarse secretos*.

—No puedo contarte todo, Cass —comenta después de un suspiro—. Hay reglas para ser un... —extiende la mano sobre él.

—¿Qué clase de reglas? —lo presiono.

—¡Reglas y listo! —exclama bruscamente, el rostro enrojecido.

Odio ver a Jacob enfadado, así que abandono la cuestión. Lo cual significa que *no* dejo de pensar en el tema (muy fuerte y en su dirección), pero él finge que no escucha, y yo no vuelvo a hacerle preguntas en voz alta.

—Puedes elegir seis cómics —le propongo en su lugar.

Hace una mueca de enfado, pero es tan desmesurada que sé que está bromeando. Eso es lo que me encanta de Jacob: aun cuando se enfurece, no le dura mucho tiempo. Nada parece permanecer mucho tiempo.

—De acuerdo. Siete —agrego cuando llegamos a la esquina de mi casa—, pero yo soy la que doy la aprobación final. Y nada de *Batman*.

—Hereje —exclama, horrorizado.

Golpeteo la cámara con los dedos mientras me pregunto si saldrá alguna de las fotos que hice hoy en el Velo, y noto que solo queda una foto para hacer.

—Sonríe —exclamo y Jacob hace el símbolo de la paz con los dedos. Pero cuando hago la fotografía, no mira a la cámara. Nunca lo hace.

—¿No lo sabías? —Le gusta provocarme—. Las fotos roban el alma. Además, no es que yo vaya a salir en ellas.

Clic.

Continuamos la marcha y, unos minutos más tarde, nuestra casa aparece ante nuestros ojos, una de esas viejas propiedades victorianas que tienen todo el aspecto de estar embrujadas.

(No está embrujada).

(Salvo por Jacob).

(Y él no cuenta).

—Grosera —masculla mientras cruza la puerta detrás de mí.

En cuanto entro, me quito rápidamente los zapatos junto a una torre de libros. Hay más libros desperdigados fuera del escritorio y por el pasillo. Algunos son de investigación (historia, religión, mitología y sabiduría popular) y otros, novelas. Y algunos tienen el nombre de mis padres en la cubierta, los títulos en letras doradas o plateadas:

LOS INSPECTROS.

Veréis, se trata de un juego de palabras, porque un *inspector* es una persona que busca algo y lo examina, y un *espectro* es otra palabra para *fantasma*. Así que un *inspectro* es una persona que busca y examina fantasmas.

Mis padres han escrito toda una colección, ya van por el tomo seis. Son como libros de historia, pero con historias de fantasmas, que mezclan la verdad y el mito. Tienen mucho éxito. Me detengo, cojo la última edición y observo la foto de la contraportada: un hombre esbelto con chaqueta de tweed, pelo oscuro y canas en las sienes (ese es mi padre). Lleva un cuaderno bajo el brazo y gafas apoyadas en el borde de la nariz. A su lado se encuentra una mujer con pantalones de vestir de color claro y una blusa colorida, los rizos oscuros y rebeldes en un moño desordenado, sujeto con bolígrafos, y un libro abierto en las manos, las páginas pasando rápidamente como si las hubiera agarrado una corriente de aire (esa es mi madre).

Y, acurrucado a sus pies, hay un montículo de pelo negro y ojos verdes: nuestro gato, Grim.

El efecto total tiene un poco de historia y un poco de magia, con una pizca de la vieja y querida superstición.

Lo gracioso es que mi padre ni siquiera *cree* en los fantasmas (de hecho, al editor de los libros le gusta que sea un escéptico, porque mantiene las historias más «apegadas a la realidad» y los lectores pueden sentirse más «identificados» con ellas). Mis padres forman un buen equipo: mi padre es el académico; mi madre, la soñadora. Él se concentra en explicar el pasado mientras ella teje historias de fantasmas tomadas de las posibles hipótesis y conjeturas.

¿Y yo? Yo me mantengo aparte.

Porque mis padres no conocen toda la verdad sobre de mí. Nunca les conté lo que *realmente* sucedió en el río, nunca les hablé sobre el Velo y las cosas que veo al otro lado. Siento que es un secreto que debo mantener.

De modo que mis padres hablan (o escriben) sobre fantasmas, pero no pueden verlos.

Yo sí puedo ver fantasmas, pero no quiero hablar (ni escribir) sobre ellos.

Estoy casi segura de que eso se llama *ironía*.

—¿Hola? —exclamo—. ¿Hay alguien en casa?

La voz de mi madre rebota por el pasillo: está hablando por teléfono en su estudio. Por la forma en que lo hace, me doy cuenta de que está en mitad de una entrevista.

—¿Si yo pienso que hay más cosas en el mundo de las que yo comprendo? —prosigue sin detenerse—. Por supuesto. Sería pura arrogancia pensar de otra manera...

Asoma la cabeza por la puerta (el moño es como siempre un puercoespín de bolígrafos) y me sonríe, pero continúa hablando.

—Fantasmas, vestigios, espíritus, espectros, llámalos como quieras… —Me da un abrazo sin interrumpir el ritmo de la entrevista—. Por supuesto que la ciencia puede explicar ciertas cuestiones, pero cuando distintas personas experimentan el mismo suceso sobrenatural, ven al mismo fantasma, relatan la misma historia, deberíamos preguntarnos el porqué.

Aparta la cabeza del teléfono.

—Papá está al llegar —susurra en mi pelo—. No te vayas lejos. Tenemos que hablar.

Tenemos que hablar.

Tres palabras que uno nunca querría escuchar. Quiero que me dé alguna pista, pero ella prosigue con la charla.

—De modo que sí —le responde al entrevistador—, he sentido, en efecto, la presencia de fantasmas.

Probablemente cierto.

—Los he *visto.*

Jacob agita una mano delante del rostro de mi madre.

No tan cierto.

Por extraño que parezca, mi madre tiene sospecha de la existencia de Jacob. Existe un límite de la cantidad de veces que puedes hablar con tu amigo invisible sin tener que explicar quién está al otro lado de la conversación. Pero no sé si ella realmente cree en fantasmas, o si simplemente *quiere* creer porque así el mundo resulta más interesante. Dice que ha tenido su buena cuota de experiencias paranormales, y que esa «sensibilidad» para lo sobrenatural es un rasgo de familia. Afirma que, en lo relacionado con lo extraño e inexplicable, es importante mantener la mente abierta.

Lo que sí sé es que no me hace bromas con respecto a Jacob como mi padre. No se refiere a él como mi amigo imaginario y no me pregunta burlonamente «cómo está hoy» o «qué quiere para cenar».

Si Jacob quiere decirle algo a mi madre, ella presta atención.

El estómago me gruñe por haberme saltado el almuerzo, así que paso rápidamente delante del estudio de mi madre, entro a la cocina y me hago un sándwich MC + P + CC, también conocido como manteca de cacahuete, plátano y chips de chocolate, también conocido como el mejor sándwich del mundo, diga lo que diga Jacob. (Yo pienso que simplemente está celoso porque no puede comérselo). Me meto la mitad en la boca, guardo el resto en la nevera para más tarde y subo la escalera.

Grim, nuestro gato, está durmiendo sobre mi cama.

A pesar del aspecto que tiene en el libro de mis padres, en la vida real, Grim carece de lo que mi madre denomina «básica dignidad felina». En este instante, por ejemplo, está tumbado boca arriba, las patas en el aire como un perro haciéndose el muerto. Cuando arrojo la mochila en el suelo, ni siquiera parpadea. Lo rasco detrás de las orejas, solo para asegurarme de que está vivo, y luego me dirijo directamente al cuartito que solía ser mi armario.

Mi padre me ayudó a transformarlo. Dedicamos un fin de semana a retirar todos los estantes, y convertimos el pequeño espacio en un perfecto cuarto oscuro. Hay una mesa con carretes, una lata de revelado, una ampliadora, papel fotográfico y bandejas para los productos químicos. Incluso hay un cable de acero con pequeños clips para colgar las fotografías para que se sequen. Todo lo que una fotógrafa necesita.

Jacob ya está allí, porque no tiene ningún respeto por las puertas y las escaleras.

—Ventajas de fantasmas… atajos —comenta encogiéndose de hombros y reclinándose contra la pared.

Alzo la cámara y rebobino la película con la manivela. Luego abro la tapa de atrás con el pulgar, inclino la cámara y dejo caer el carrete en la mano.

Al cerrar la puerta, el cuarto y nosotros quedamos sumergidos en una oscuridad total.

Bueno, sería total si Jacob no… brillara. Tampoco es tan brillante; se parece más bien a la luz de la luna. No daña la película, pero tampoco me sirve para ver nada, así que igualmente tengo que confiar en mis manos para hacer todo el trabajo.

Abro el carrete y tiro la película en la mano. Luego lo enrollo en la pequeña bobina de metal y coloco la bobina en un tanque de revelado, que es como un pequeño termo.

Luego pulso un interruptor y el pequeño armario se llena de una tenue luz roja, que proyecta sobre nosotros un inquietante resplandor, como salido de una película de terror. (Jacob mueve los dedos y profiere sonidos escalofriantes).

Agrego agua para lavar la película, luego líquido de revelado y agito el recipiente. Mientras trabajo, Jacob continúa con sus divagaciones sobre qué cómic llevar para las vacaciones: el ejemplar de *Thor* #57 en vez del #62. Cuando los negativos ya están, los cuelgo para que se sequen. Tardarán varios días estar listos.

Cojo una tira de negativos que *sí* está lista: esta es de otra reciente excursión que hicimos los dos a una casa abandonada, a pocas calles de aquí. Hacía años que la casa estaba vacía, pero, como Jacob y yo descubrimos, no estaba verdaderamente *vacía*. Coloco la cinta en la ampliadora: una especie de proyector que transfiere imágenes a papel fotográfico. Luego solo queda ir a la impresora.

Tiene algo de mágico esto de exponer una película. Está en la palabra *exponer*, revelar. Me siento como una científica chiflada mientras voy pasando el papel fotográfico por las cubetas con revelador, detenedores y lavado. Y, mientras muevo el papel con las pinzas, comienza a aparecer, por fin, la primera fotografía.

Mi cámara podrá ser especial, pero no es tan extraña como yo. Puedo llevarla conmigo detrás del Velo, pero no puede ver de la forma en que yo veo. Casi siempre, las fotos que aparecen son comunes: una traducción en blanco y negro de mi mundo a todo color. Pero, de vez en cuando, la suerte me acompaña.

De vez en cuando, la cámara capta una sombra contra una pared, líneas que parecen humo alrededor de un cuerpo o una puerta que da a un lugar que ya no existe.

Jacob revolotea sobre mi hombro.

—Estás respirándome encima —susurro.

—No es cierto.

—Lo es.

Su aliento es fresco, una brisa fría en el cuarto sofocante. Pero mi atención regresa a las cubetas.

Una por una, las fotografías van adquiriendo nitidez.

Hay una toma exterior de la casa abandonada: los rayos del sol atravesando la madera arqueada.

Y una del interior, una toma recta de un pasillo oscuro.

Y luego...

Algo genial.

Una foto tomada desde el otro lado del Velo… me doy cuenta por el brillo tenuemente grisáceo. Y ahí, al final de la escalera, una imagen fantasmagórica y difusa de una niña en camisón.

Jacob emite un suave silbido.

Si le mostrara a alguien esta fotografía, supondría sin dudarlo que está retocada. Y aun cuando me creyeran, lo cierto es que no querría que esto se exhibiera. No quiero ser como esos médiums que se ven por televisión, que se suben a un escenario y fingen comunicarse con los muertos. Y tampoco es que los muertos realmente me *hablen* (dejando a Jacob de lado).

—Yo podría ser tu intérprete. —Se ofrece.

—No, gracias —repongo con un resoplido.

Regreso la mirada a los negativos de hoy y me pregunto si habré captado algún vistazo fugaz del chico con capa y corona, moviéndose sigilosamente por las cortinas del telón.

Se me ha quedado todo el cuerpo rígido por haber estado inclinada sobre el equipo. Así que apago la luz roja y salgo a la habitación, parpadeando ante la claridad repentina.

Jacob se arroja en la cama junto a Grim. El edredón no se hunde ni se arruga, pero Grim tuerce una oreja y, unos segundos después, lanza las patas al aire alrededor de Jacob. Todavía no hemos logrado averiguar si realmente lo *ve* o solo siente una perturbación en la Fuerza.

Los gatos tienen esas rarezas.

Decido comenzar a preparar el equipaje para ir a la playa y saco la maleta de debajo de la cama. Reviso mi ropa de verano mientras Jacob finge frotar una mancha de suciedad del borde de su camiseta. No puedo imaginar lo que debe ser tener que usar la misma ropa por el resto de mi vi... ehh, existencia.

Es una suerte que ese día me sintiera como el Capitán América —comenta Jacob encogiéndose de hombros.

Ese día. ¿Qué ocurrió ese día? Me pregunto si alguna vez me lo dirá.

Jacob ignora mi pensamiento. Se limita darse la vuelta sobre su estómago y comienza a leer alguna historieta que dejé abierta sobre la cama.

Dedica varios segundos a intentar pasar la hoja con la fuerza de su mente antes de que yo me acerque y lo haga por él.

—Uno de estos días —masculla.

Abajo, escucho que la puerta se abre y se cierra. Unos segundos después, mi padre grita.

—¡Reunión familiar!

Capítulo cinco

*R*eunión familiar.
Palabras, muy parecidas a *tenemos que hablar*, que *nunca* traen buenas noticias.

Hay una pasta-pizza sobre la mesa, que es otra mala señal. Pasta-Pizza (también conocida como salsa marinara, albóndigas y queso sobre pan de ajo), es mi comida preferida, y mis padres solo la piden en ocasiones especiales o cuando algo realmente malo ha sucedido. Esa manera de actuar de los padres es confusa: debería existir comida para las buenas noticias y comida para las malas noticias, así sabes lo que te espera.

Cuando entro, mi madre está bajando platos del armario y mi padre está poniendo la mesa, ambos hacen mucho ruido y no hablan demasiado.

—… ah, hice esa entrevista con Canal Cinco…

—¿Cómo ha ido?

—Bien, bien… ¿Imprimiste el contrato?

Jacob se sienta de un salto encima de la barra y balancea las piernas silenciosamente contra los armarios mientras yo deslizo una porción de pizza en mi plato. Estudia la mezcla deliciosa de queso, salsa y albóndigas.

—Es repugnante.

Quieres decir increíble, pienso, llevándome la porción a la boca.

Como un bocado enorme. El queso me quema el paladar y mi madre chasquea los dedos, una silenciosa reprimenda por comer antes de que todos estén en la mesa. Mi padre me coge de los hombros y me rodea con un solo brazo. Huele a camisa limpia y a libros viejos.

Cuando estamos todos sentamos, noto otra señal de alarma: mis padres no están comiendo. Ni siquiera *fingen* comer. Me obligo a apoyar la pizza en el plato.

—Bueno —digo, intentando sonar relajada—. ¿Qué ocurre?

Mi madre coge un bolígrafo violeta de su moño y enseguida lo vuelve a poner.

—Oh, nada importante… —comenta.

Mi padre le lanza una mirada como si lo hubiera abandonado.

—Cassidy —comienza a decir él, pronunciando mi nombre completo—. Tenemos una noticia que darte.

Dios mío, pienso, *me voy a convertir en hermana mayor.*

Jacob arruga la nariz en señal de disgusto, y yo estoy tan convencida de que esa es la noticia que mi padre me toma completamente desprevenida cuando anuncia:

—Vamos a tener un programa de televisión.

—¿Qué? —pregunto mientras me quedo mirándolos estupefacta.

—¿Recuerdas cuando salió el primer libro de *Los Inspectros*? —interviene mi madre—. ¿Y hubo bastante prensa al respecto? ¿Y algunas personas pensaron que sería un buen programa? Una productora compró los derechos…

—Sí —musito lentamente—. Pero también recuerdo que me dijisteis que en realidad no iba a suceder.

Mi madre se mueve nerviosa.

Mi padre se frota el cuello.

—Bueno —comenta sencillamente—. Hubo algunas novedades en las últimas semanas. No quisimos contarte nada en caso de que no llegara a concretarse, pero… —Desvía la mirada hacia mi madre en busca de ayuda.

Ella toma la palabra, esbozando una luminosa sonrisa.

—¡Ya es un hecho!

Mi mente se queda en blanco. No sé qué significa todo esto. Para ellos. Para nosotros. Para mí.

—De acuerdo —señalo, sin entender dónde está la trampa. Lo que quiero decir es que es una gran noticia, pero no veo por qué les ha costado tanto contármela—. ¡Es genial! ¿Y quién hará vuestro papel?

—Nadie —responde mi padre sonriendo por lo bajo—. O sea que nosotros haremos de nosotros mismos.

—No lo entiendo —digo frunciendo el ceño.

—No es exactamente un programa de ficción —me explica—. Es más bien un documental.

Ahora mi madre no puede ocultar su entusiasmo.

—Será exactamente igual que en los libros, tu padre con los datos y yo con las leyendas —relata hablando a mil por hora—. Cada episodio se centrará en una ciudad diferente, un conjunto diferente de sitios e historias…

Mientras mi cabeza da vueltas, intento dilucidar si estoy emocionada u horrorizada, o un poco de ambas cosas. Lo único en lo que puedo pensar es en esos programas de televisión de fantasmas. Ya sabéis. Esos en los que hay personas en habitaciones completamente oscuras, iluminadas solamente por cámaras de visión nocturna, susurrando a los micrófonos. ¿Así va a ser el programa de mis padres?

—Y *tú* no tendrás que estar delante de cámara —dice mi madre—, a menos que realmente quieras, pero estarás con nosotros durante todo el proceso, y podemos ir a la playa en otra ocasión…

—Un momento, ¿qué has dicho? —Meneo la cabeza al ver que mis planes veraniegos se están derrumbando—. ¿Cuándo comienza esto?

—Bueno —explica mi padre con el ceño fruncido—, el tema es que el plan se aceleró. Quieren que estemos la semana que viene en la primera localización.

La semana que viene, cuando se suponía que estaríamos en la playa.

—Mmm, eso es muy pronto —comento, intentando impedir que el pánico impregne mi voz—. ¿A dónde vamos a ir?

—A todas partes —responde mi madre, sacando una carpeta que lleva el título *Los Inspectros* impreso al frente—. Las ciudades más embrujadas del mundo, ese es el tema del programa.

El mundo, pienso, *es un lugar realmente grande.*

—Yo estoy más preocupado por eso de las *ciudades más embrujadas* —observa Jacob.

Para ser un fantasma, no es muy fanático de las cosas escalofriantes, ni de los lugares embrujados ni de *todo* aquello que esté relacionado con el Velo.

Durante mucho tiempo, no entendí por qué. *Reflexioné* mucho, pero no quise preguntar. Y luego, un día, debió cansarse de mis pensamientos, porque decidió explicármelo.

«Hace… frío. Como cuando sales a caminar por la nieve, pero aún sientes calidez, entonces no comienzas a temblar enseguida. Tienes una gran cantidad de calor que perder. Pero yo siento como si acabara de entrar y al pensar en salir otra vez a ese frío, tengo la sensación de que nunca más volveré a tener calor».

Desearía poder deslizar mi mano por la suya.

Darle algo de mi calor.

Pero lo único que puedo hacer es prometerle que no permitiré que se congele.

Que nunca lo abandonaré.

Yo iré adonde tú vayas, pienso.

—¿Y qué te parece, Cass? —pregunta mi padre, la luz se refleja en sus gafas y parece que me está guiñando el ojo.

Adiós al verano sin fantasmas.

—¿Qué piensas? —insiste mi madre.

Lo que no es una pregunta justa. En absoluto. A los padres les encanta hacer esa pregunta cuando no tienes ninguna opción. Pienso que suena loco y terrorífico. Pienso que preferiría ir a la playa.

Pero los veo tan entusiasmados que no quiero empañarles la alegría. Además, pienso, echándole una mirada a Jacob, *podría* ser divertido. Él gruñe.

Mi madre abre la carpeta y mis ojos recorren la primera hoja.

LOS INSPECTROS
EPISODIO UNO
LOCALIZACIÓN: Edimburgo, Escocia.

¿Qué sé de Escocia? Está al norte de Inglaterra, al otro lado del Atlántico. Hay personas que usan kilts y… creo que eso es todo.

Continúo leyendo y llego al título del episodio:

LA CIUDAD DE LOS FANTASMAS

—Bueno, eso sí que no es espeluznante —comenta insidiosamente Jacob mientras una chispa de excitación me recorre el cuerpo, por los nervios y la expectativa.

Pensaba que mi vida ya era bastante rara.

Aparentemente, está a punto de volverse más rara aún.

PARTE DOS

LA CIUDAD
DE LOS FANTASMAS

Capítulo seis

—¡Cassidy! ¡Ya ha llegado el taxi!

Guardo las últimas cosas en la maleta y me siento arriba para lograr que cierre. Se suponía que debía estar guardando cosas para ir a la playa. Bañadores, shorts, protector solar y un verano sin fantasmas. En cambio, he metido en la maleta jerséis y botas. Según la app del clima de mi teléfono móvil, la definición de verano para Escocia es frío y lluvioso, con posibilidad de granizo.

Jacob se encarama en el borde de la cama con su atuendo habitual de camiseta y pantalones vaqueros, porque los fantasmas no necesitan impermeables.

—Pusiste los cómics, ¿no? —pregunta.

—Están en mi mochila.

—¿Tienes lugar para uno más? Porque estaba pensando que no llevamos ninguno de *La liga de la Jus*...

—No —respondo mientras compruebo por segunda vez que estén los carretes en el bolso de la cámara—. A partir de ahora, ya no te escucho.

Mi padre aparece en la puerta, la maleta en una mano y el trasportín para el gato en la otra. Grim mira amenazadoramente desde las profundidades de su jaula.

—¿Con quién estás hablando? —pregunta.

—Con Jacob —respondo.

Mi padre echa una mirada a su alrededor de manera exagerada, de tal modo que me doy cuenta de que me está siguiendo la corriente.

—¿Y Jacob está listo para irse?

—Negativo —contesta Jacob desde la cama—. Me parece una idea terrible.

—Claro que sí —afirmo categóricamente—. Se muere de ganas de ver todas las casas embrujadas, cavernas embrujadas y castillos embrujados.

—Traidora —masculla Jacob, fulminándome con la mirada.

—Qué suerte —comenta mi padre con alegría—. No puedo prometer fantasmas, pero lo cierto es que hay historia en abundancia.

Grim lanza un bufido de protesta.

Cierro la maleta y la arrastro tercamente escaleras abajo, golpeándola en cada escalón. Luego cruzo la puerta y bajo los escalones hasta el taxi que nos espera. Echo una mirada hacia la casa y los nervios me invaden mientras mi padre cierra la puerta.

—Seguirá aquí cuando regresemos —comenta mi madre leyendo la expresión de mi rostro—. Es solo un cambio de ambiente, una nueva línea argumental, otro capítulo. Tenemos un libro entero por escribir —exclama sujetándome de los hombros—, ¿y cómo lo escribiremos?

—Página por página —respondo automáticamente.

Es el dicho favorito de mi madre y, desde mi chapuzón en el río, he intentado aferrarme a él como si fuera una cuerda. Cada vez que me siento nerviosa o asustada, me recuerdo que toda buena historia necesita giros inesperados. Toda heroína necesita una aventura.

De modo que nos apiñamos en el taxi: un padre, una madre, una chica, un fantasma y un gato enojado, y nos dirigimos al aeropuerto.

Mis padres se pasan casi todo el viaje hablando del plan de rodaje. El programa ha contratado a un equipo de grabación y a un guía del lugar, y nos han dado una semana para rodar lo que queramos. Mi padre tiene una carpeta con la historia de las localizaciones y mi madre un cuaderno lleno de anotaciones que solo ella puede entender. Cuanto más los escucho hablar de la logística, más me doy cuenta de que este programa lleva *meses* en proceso de producción, aun cuando sea ahora cuando se haya concretado el proyecto.

Nada sucede hasta que, de pronto, ya está sucediendo. Es uno de los dichos de mi padre.

El coche se detiene en el aeropuerto. Pero cuando bajamos, ya no somos un padre, una madre, una chica, un fantasma y un gato enojado.

Porque Jacob no está.

A veces hace esto. Desaparece. No sé si está enfurruñado o cogiendo un atajo. La primera vez que se esfumó, recorríamos en coche la Costa Este buscando faros embrujados para un libro de mis padres. Estaba junto a mí y, un segundo después, había desaparecido. Me asusté mucho, temí que, de alguna extraña manera, estuviera destinado a terminar en el río, que hubiera chocado contra algún límite invisible a quince o treinta kilómetros de la ciudad y hubiera quedado atrapado allí.

Pero cuando llegamos al primer faro, ahí estaba, sentado en los escalones.

«¿Qué?», preguntó a la defensiva—. «Viajar en coche me marea».

Una respuesta muy típica de él.

Me pregunto a dónde va realmente, qué hace cuando no está conmigo; me pregunto si los fantasmas necesitan dormir, si tiene que volver al Velo para recargarse o si simplemente está malhumorado.

Pero mientras mis padres y yo facturamos las maletas, pasamos por seguridad y abordamos el avión, sigue sin haber rastros de Jacob. Y al situarme en mi asiento junto a la ventanilla y observar cómo el suelo se aleja durante el despegue, realmente deseo que se hubiera quedado con nosotros.

«Damas y caballeros, la señal de abrocharse el cinturón ya está encendida…».

El sol está justo saliendo cuando abro los ojos y apoyo la cara contra la ventanilla. Es difícil imaginarse que realmente haya un océano debajo de nosotros, un nuevo mundo esperando al otro lado. Un mundo lleno de secretos, misterios y fantasmas.

Lo más extraño de todo es que aquí en el aire, a treinta y cinco mil pies de altura, metida dentro de este pájaro de metal, no siento la presencia del Velo. No existe ese *otro lado* que produce un cosquilleo en mis sentidos ni una tela gris al alcance de mi vista. Es como si me faltara una parte de mí misma. Como si a Peter Pan le hubieran cortado su sombra.

Tampoco ayuda que Jacob no esté aquí.

Intento no preocuparme: tarde o temprano, él siempre regresa.

El avión se sacude levemente por la turbulencia y Grim me lanza una mirada asesina desde su caja, que está debajo del asiento, frente a mí. No hace ningún ruido, pero entorna sus ojos verdes como si yo fuera personalmente responsable de su encarcelamiento.

Mi padre está fuera de combate, pero mi madre está despierta, hojeando un libro llamado *Espíritus, espectros, Escocia*. Parece muy superficial: en la cubierta, hay un castillo debajo de una luna llena de hilos de niebla convertidos en espíritus mediante un torpe *photoshop*. Pero me pongo a leer por encima de su hombro y veo que hay una sección sobre Edimburgo.

La ciudad (que ahora descubro que se pronuncia «Édinbra» en su idioma original) tiene más de *novecientos* años. Hay un mapa ilustrado, que incluye parques, puentes, iglesias y hasta un *castillo*. De todas maneras, la ciudad es más pequeña de lo que esperaba, unos pocos kilómetros de ancho, y está dividida en una *Ciudad vieja* y una *Ciudad nueva*.

—Lo de Ciudad nueva es relativo —me explica mi madre al pillarme leyendo—. Tiene más de doscientos años. En La Ciudad vieja —agrega de forma atolondrada—, es donde se encuentran los mejores fantasmas.

—¿Y dónde vamos a vivir? —pregunto. Conozco la respuesta antes de que su dedo aterrice sobre el mapa, justo en el centro de la Ciudad vieja.

Genial, imagino qué diría Jacob mientras me reclino en el asiento.

Miro por la ventana cuando la luz del día comienza a extenderse sigilosamente por el cielo. Pienso otra vez en Jacob y empieza a preocuparme que los fantasmas no puedan atravesar corrientes de agua. Mientras el avión desciende, la preocupación me oprime el pecho. Para cuando aterrizamos, ya he entrado en pánico.

Jacob no está en la pasarela de acceso del avión.

Ni en la terminal.

Ni en la escalera mecánica ni en la zona de recogida de equipajes.

Cuando las maletas comienzan a salir tambaleándose por la cinta, lo primero que veo no son las rayas rojas y amarillas de mi maleta (sí, soy Gryffindor) sino al chico que está sentado encima, con las piernas cruzadas. A Jacob le encantan las entradas triunfales.

Encojo los hombros aliviada. Jacob se baja, se mete las manos en los bolsillos y esboza una sonrisa torcida.

—Privilegios de los fantasmas —comenta, y no puedo decidir si quiero echarle los brazos al cuello o darle un puñetazo en el hombro. Afortunadamente para él, no puedo hacer ninguna de las dos cosas.

Nos apiñamos en un taxi negro, Grim se aplasta en el fondo de su caja y mira amenazadoramente a Jacob, quien le hace caras mientras mi madre le da al conductor la dirección del lugar donde nos instalaremos.

Durante algunos minutos, recorremos calles de aspecto común, rodeadas de tiendas de comestibles, salones de belleza y bancos. Y luego, de la nada, el camino cambia de pavimento a empedrado, como si estuviéramos retrocediendo en el tiempo. El vehículo traquetea sobre el camino irregular. Grim tiene aspecto malvado y Jacob tiene aspecto mareado.

El taxista dice algo, pero su acento es tan marcado que necesito un momento para darme cuenta de que nos está hablando a nosotros y no cantando una canción por lo bajo. Mi padre asiente distraídamente, como si comprendiera. Pero yo logro traducir en palabras la voz melódica del conductor.

—¿Qué los trae a la bella Escocia?

Mi madre también debe haberlo entendido porque se inclina hacia adelante y responde:

—Fantasmas.

En mi país, esa única palabra habría bastado para cortar la conversación, pero el conductor ni siquiera se muestra desconcertado.

—Ah —comenta con naturalidad—. Una vez vi un fantasma en el norte.

—¿En serio? —pregunta mi madre con el rostro encendido.

—*Och, aye* —masculla con su acento escocés mientras asiente con la cabeza—. Mi mujer y yo fuimos a pasar el día a las Tierras Altas y, habiendo tomado aire y visto todo lo que había para ver, nos dirigimos a un castillo cercano en busca de algo para comer.

Hasta ahora no veo nada extraño, pienso.

—Muy bien. La cocina de ese castillo había sido transformada en una taberna de piedra y cristal. Había una gran chimenea con tres sillones bajos alrededor del fuego —prosigue el taxista—. Dos de los sillones estaban vacíos y había un hombre sentado en el tercero, observando el fuego. De estilo caballeresco. Mi esposa le había echado el ojo a una mesa del fondo y yo tenía las bebidas en las manos, de modo que iba detrás, y el lugar era angosto y yo no soy muy pequeño, así que, sin querer, golpeé el sillón donde el hombre estaba sentado. Casi le volqué la cerveza encima. Le pedí disculpas y mi mujer se dio la vuelta y me preguntó que a quién le hablaba.

»Y no se lo van a creer… —vacila, el aire del taxi tan tenso como una respiración contenida demasiado tiempo—. Pero no había nadie allí. Los tres sillones estaban vacíos.

Mi padre parece estar perdido en sus pensamientos, como si se tratara de un enigma, pero los ojos de mi madre brillan como los de un niño frente a la fogata de un campamento. Jacob y yo nos miramos con preocupación. Una cosa es que un fantasma empuje un objeto o empañe el espejo de un baño. Pero, ¿*presentarse* en nuestro mundo como si fuera de carne y hueso? Solo Jacob puede hacerlo, y solo para mí, y solo porque estamos de alguna manera unidos. Así que lo más probable es que el taxista nos esté gastando una broma o que sus ojos lo engañaran. Por alguna razón, la gente cree ver fantasmas en la oscuridad, cuando las luces y las sombras pueden engañar la vista.

La mirada del hombre se encuentra con la mía a través del espejo retrovisor.

—¿No me crees, muchachita? —pregunta con una sonrisa—. No te preocupes. Si te quedas un tiempo en Escocia, tendrás tus propias historias.

Lo que menos se imagina es que ya tengo suficientes.

El taxi dobla en una esquina y, de pronto, nos encontramos cara a cara con el castillo del plano de mi madre. Solo que no se trata de una minúscula ilustración: es un *castillo de verdad*. En un *peñasco*. Me quedo mirándolo con los ojos muy abiertos. Mi padre lanza un breve silbido de admiración y mi madre esboza una brillante sonrisa. Hasta Jacob parece impresionado. El castillo parece pintado en el cielo, una postal perfecta.

—Imponente, ¿no creen? —comenta el taxista con su fuerte acento escocés.

Recuerdo que el castillo está en la Ciudad vieja y, como no podía ser de otra manera, atravesamos un puente (no hay agua debajo, solo una estación de tren y un inmenso parque verde) y entramos a la parte más vieja de la ciudad.

El hombre se aleja de las calles más ajetreadas y desciende por una cuesta.

—Hemos llegado —exclama deteniéndose delante de un viejo edificio de piedra con una puerta roja—. Lane's End.

Capítulo siete

El edificio me recuerda esa escena de *Harry Potter y la orden del fénix*, en la que Harry llega al cuartel general de la Orden (que, en realidad, es la casa de Sirius Black), que está oculto debido a un hechizo. Uno de los magos golpea una de las piedras de la fachada, y los edificios se abren y dejan ver el cuartel, que está enclavado entre medio.

Lane's End es así: un edificio gris metido entre otros dos edificios grises. Parecen libros en un estante, los lomos de piedra están uno a continuación del otro sin separaciones entre medio, los techos salpicados de chimeneas.

Cuando tocamos el timbre de la puerta roja, nos recibe una mujer mayor. Tiene mejillas rosadas y tez clara, y un gato gordo y blanco enroscado entre los tobillos.

—Hola —saluda—. Ustedes deben ser los Blake. Soy la señora Weathershire y dirijo Lane's End. Pasen.

Las paredes del vestíbulo están cubiertas de retratos anticuados, rostros con la mirada perdida. A la derecha, un arco lleva a un comedor y, al final del pasillo, una empinada escalera de madera se yergue como un árbol. Mientras la señora Weathershire recita de un tirón los detalles de nuestra estancia, me encamino hacia la escalera.

—Apuesto a que está embrujada —comenta Jacob caminando a mi lado.

Él piensa que todo está embrujado. En cuanto a Lane's End, es difícil de decir. Es un edificio *viejo*, claro, pero viejo no siempre significa…

Una tubería repiquetea a través de las paredes y se escuchan pisadas en el piso de arriba.

Jacob alza las cejas.

Bueno, tal vez.

Al pie de la escalera, mis ojos ascienden hasta el descansillo y veo una joven que me observa desde arriba. Es aproximadamente de mi edad, lleva una impecable camisa blanca y una falda tableada. Tiene la tez morena y un brillante pelo negro recogido en una trenza perfecta. Me mira fijamente, sin parpadear, y yo también la miro, porque hay algo raro en ella. Familiar. No puedo apartar la sensación de que la he visto antes, aunque *sé* que no es así.

—¡Cassidy! —me llama mi padre.

Aparto la vista y vuelvo atrás, pasando por delante de la jaula de Grim. El gato blanco y peludo de la señora Weathershire está metiendo la pata a través de las barras para curiosear. Grim me echa una mirada que es mitad suplicante y mitad asesina. Levanto la jaula y la llevo al comedor.

El techo es alto, las paredes están cubiertas de libros, hay una chimenea flanqueada por un par de sofás y coronada por un sillón. La disposición me recuerda a los tres sillones de la historia del taxista, pero no hay ningún fantasma caballeresco, solo mis padres y la señora Weathershire.

Apoyo la jaula de Grim y me hundo en uno de los sofás. Pero luego suelto un aullido cuando sigo hundiéndome y el almohadón se pliega a mi alrededor como si fuera arena movediza.

Mi madre me extiende la mano y tira de mí mientras la señora coloca en la mesa una tetera y una bandeja. Mi estómago ruge: por mucho que comas en un avión, nunca te sentirás satisfecha.

—¿Bizcochos? —ofrece y me pasa un plato de lo que, sin ninguna duda, son *galletas*. Por mí, puede llamarlas como desee, siempre y cuando yo pueda servirme todas las que quiera.

Cuando me estiro hacia el plato se escuchan otra vez las pisadas en el piso de arriba.

Esta vez, todos levantamos la mirada.

—Ah, no se preocupen —exclama la mujer—. Seguramente es mi marido.

—¿Lo conoceremos? —pregunta mi padre.

—No lo creo —responde con una breve risita—. El señor Weathershire lleva muerto cerca de nueve años. —Su sonrisa ni siquiera tiembla—. ¿Té?

Jacob me mira largamente y no necesito leer su mente para saber qué está pensando.

Embrujada, *sin ninguna duda*.

Es probable que tenga razón, pero no estoy dispuesta a averiguarlo. Tengo una regla con respecto a cruzar al otro lado del Velo en lugares donde tengo que dormir: evito cruzarlo. A veces, realmente es mejor *no* saber.

—Bueno —comenta la señora Weathershire mientras sirve el té—. ¿Qué los trae a nuestra hermosa ciudad?

—De hecho —responde mi madre—, estamos grabando un programa sobre fantasmas.

—Oh —musita nuestra anfitriona levantando su taza—. Bueno, no tendrán que ir demasiado lejos. Mi Reginald apreciaba mucho a los muertos de Edimburgo. Estaba un poquito obsesionado, en realidad. —Señala con el mentón las bibliotecas que cubren las paredes del comedor—. Durante años fue por ahí coleccionando historias locales, las guardaba en esos archivos que están allí.

Mi madre se reanima ante la mención de las historias mientras mi padre se ilumina ante la mención de algo con registros escritos.

—¿En serio? —pregunta mi padre, que ya está de pie—. ¿Le importaría?

—Puede coger lo que quiera.

Una vez que mi padre ha reunido una pila de periódicos, mi madre termina su té y yo he comido suficientes galletas como para sentirme ligeramente enferma, la señora Weathershire se levanta del asiento.

—Muy bien —exclama—, les mostraré su piso…

Aparentemente, un *piso* es lo que nosotros denominamos *apartamento*, a pesar de que solo se trata de una de las muchas viviendas que hay en el tercer piso del edificio. Cuando llegamos al primer rellano, no hay rastros de la chica de cabello negro ni de nadie más.

Mi madre me informa que, en Escocia, al ascensor se le llama *elevador*, lo cual tendría sentido si el edificio tuviera uno. También me explica que Lane's End es una *pensión*, que parece ser un pequeño hotel lleno de apartamentos (perdón, *pisos*), en vez de las tradicionales habitaciones de hotel. Hay dos por piso y, cuando llegamos al tercer descansillo, la señora Weathershire se detiene delante de una puerta con una chapa de bronce que dice *3B* y extrae una llave antigua.

—Hemos llegado…

La puerta se abre con un crujido, como si fuera el efecto de sonido de una película de terror, pero el espacio es cálido y limpio. Hay dos dormitorios y una sala de estar con una antigua chimenea, un sofá que no parece que fuera a devorarme y un escritorio debajo de una gran ventana.

Mis padres se demoran fuera, charlando con la señora.

—Si necesitan algo —les está diciendo—, estoy abajo, en el primer piso…

Mientras tanto, libero a Grim de su trasportín. Él se mete a toda velocidad debajo del sofá y yo me dirijo a la ventana. El cristal está empañado, pero cuando paso la mano sobre la superficie fría, me sorprendo al encontrar al castillo esperándome al otro lado. Se cierne sobre un paisaje de tejados puntiagudos y chimeneas de piedra, y vuelvo a quedar impresionada por la vista: más de cuento de hadas que de historia de fantasmas.

—Jacob —digo suavemente—, tienes que ver esto.

Pero Jacob no responde.

Me doy la vuelta y no está. Reviso el baño y encuentro una bañera con patas en forma de garra. (Son garras realmente monstruosas, como las de las gárgolas). Pero Jacob continúa sin aparecer.

—¿Jacob? —susurro, examinando el primer dormitorio. Nada.

Entro al segundo y lo encuentro al pie de la cama, los ojos posados en algo oculto detrás de la puerta.

—¿Jacob?

No parpadea ni se mueve.

Al deslizarme detrás de él, veo lo que está mirando: un espejo.

Un espejo grande con marco dorado, apoyado contra la pared.

Al principio, pienso que ha visto algo extraño, pero después me doy cuenta de que es la imagen *misma* lo que ha atrapado su atención. Sigo la dirección de su mirada y me quedo paralizada, se me eriza la piel.

Hay dos Jacobs, el que está a mi lado y el del espejo, pero no son iguales. El que está a mi lado es el que yo conozco. Pero el del espejo está difuminado y demacrado, la camisa y los pantalones vaqueros empapados, el agua del río forma un charco a sus pies. Últimamente, no me espanto fácilmente, pero me asusta verlo de esa manera. El Jacob del espejo parece muer... me detengo. No me permito pensar en esa palabra.

—Jacob —murmuro, pero no parece registrar mi voz. Sus ojos están nítidos y vacíos a la vez, y me estiro para sacudirle los hombros, pero, como era de esperar, mis manos lo atraviesan. Finalmente, me tengo que interponer entre él y su imagen reflejada en el espejo para cortar la dirección de su vista—. *Jacob.*

Parpadea y se arrastra levemente hacia atrás.

—¿Qué *era* eso? —pregunto.

Sus palabras son lentas, flojas.

—No... no lo sé...

Se estremece, como si tuviera frío. Luego se da la vuelta y sale de la habitación sin decir una palabra más. Me vuelvo hacia el espejo, esperando que el otro Jacob siga ahí.

Pero solo estoy yo.

Me dirijo al comedor, donde mi padre está cargando su teléfono y mi madre deshaciendo las maletas. Jacob está encaramado en el sofá, la mirada aún extraña y distante.

¿Te encuentras bien?, pienso, desplomándome en el sillón junto a él, que asiente distraídamente.

Fuera, el sol desaparece detrás de las nubes y la habitación se oscurece súbitamente. Es como cruzar al otro lado del Velo: todo se vuelve gris y siniestro.

Mi madre se coloca las manos en la cadera y echa un vistazo a su alrededor.

—Esto es encantador —exclama sin un dejo de sarcasmo y se vuelve hacia mí—. ¿Alguna señal de nuestro vecino fantasma?

Supongo que se refiere al señor Weathershire y no a Jacob, de modo que niego con la cabeza.

—Probablemente sean las tuberías viejas y un gato enorme —comenta mi padre.

Mi madre se recoge el pelo en un moño desordenado.

—No eres gracioso —dice y le besa la mejilla.

—Y tú eres el doble de graciosa que yo —replica él y limpia sus gafas.

Reprimo un bostezo y, un segundo después, mi padre también bosteza.

—¡Ni se te ocurra! —trina mi madre—. Tenemos que mantenernos despiertos. Es la única forma de combatir el *jet lag*.

Aparentemente, el *jet lag* es lo que ocurre cuando vuelas a un país extranjero durante la noche y tu cuerpo no ha tenido tiempo de adaptarse a la hora local.

Me acurruco en el sillón mientras mi padre llama a los productores para avisarles que hemos llegado. El equipo lo hará mañana desde Londres y vendrán a buscarnos, como también lo hará nuestro guía local. Mi padre camina hacia su dormitorio hablando de temas de producción (aunque sospecho que en realidad quiere dormir una siesta). Bostezo otra vez y cierro los ojos, pero mi madre me sujeta del hombro.

—Vamos —dice, tirando de mí hasta ponerme de pie—. ¡Hace un día precioso!

—Parece que va a llover —comento, mirando por la ventana.

Pero mi madre no está dispuesta a ceder fácilmente y arroja un impermeable en mis brazos.

—Menos mal que hemos venido preparadas.

Echo una mirada hacia el sofá, pero Jacob se ha marchado y, antes de que pueda ir a buscarlo, mi madre entrelaza su brazo con el mío y me arrastra hacia la puerta. Apenas logro liberarme un segundo para coger la cámara.

Mientras salimos al día gris, una fina neblina envuelve la calle, transformando en sombras a las personas. Se escuchan los graznidos de las gaviotas y, a lo lejos, suena la campana de una iglesia.

Así que esto es Escocia, pienso.

¿Cuánto de embrujada puede estar?

Capítulo ocho

—¡Tortura! ¡Asesinato! ¡Caos!

Un hombre con sombrero de copa y chaqueta raída estira los brazos.

—Conozcan los secretos más oscuros de la ciudad en los Calabozos de Edimburgo.

Las gaitas resuenan en el aire y una mujer de vestido oscuro se inclina contra un poste que tiene una lámpara encima.

—Tours de los fantasmas, todas las noches —exclama—, a la caída del sol. Busquen la lámpara.

—¡Vengan a Mary King's Close! —anuncia otro hombre con una capa anticuada.

—¡Conozcan la historia de Burke y Hare!

—¡Sigan los pasos de los muertos de la ciudad!

Mi madre y yo estamos recorriendo la Royal Mile, una calle ancha y bulliciosa que baja desde el castillo hasta llegar al pie de una gigantesca colina llamada Arthur's Seat. El castillo y la colina se encuentran en los dos extremos de la ciudad.

Mi madre está embelesada, envuelta en medio de todo el ruido y el ajetreo. Pero yo siento que estoy a punto de volverme loca, porque, debajo del ajetreo, puedo escuchar el irritante *tap-tap-tap* de los fantasmas, algunos débiles y otros cercanos,

75

y llegan de todos lados, un latido bajo y constante, como si la ciudad estuviera viva.

Mantengo la mano en el brazo de mi madre mientras serpenteamos a través de la multitud. La mayoría de los padres tienen que vigilar a sus hijos, evitar que se alejen, pero yo siempre he tenido que vigilarla a ella. Mi padre es de los que memorizan las direcciones, pero mi madre prefiere perderse.

«¿De qué otra manera vas a encontrar algo nuevo?», repite siempre.

Entra en una tienda para turistas a comprar un par de botellas de agua para las dos mientras yo permanezco en la acera haciendo fotos a los artistas callejeros y a la multitud. Fotografío a la mujer de blanco que se encuentra arriba, encima de una columna cantando en una especie de gemido inquietante, sube y baja el volumen de su voz; al viejo que aferra un ramo de rosas negras de papel con palabras escritas en los pétalos; a un hombre con kilt que toca la gaita: una tonada cautivadora y turbulenta.

Todo esto es puro show, por supuesto, destinado a llenar las calles de una atmósfera misteriosa. Pero más allá del espectáculo, puedo *sentir* el llamado fantasmagórico del Velo. Normalmente, yo tengo que ir hacia él, pero aquí, ahora, en medio del caos de la Royal Mile, el Velo se extiende hacia mí. Apoya una mano en mi hombro, me atrae. Hilos grises danzan frente a mi vista, pero no me inclino hacia ellos. En su lugar, me aprieto el impermeable alrededor del cuerpo y echo un vistazo por la calle, examinando las tiendas y los pubs, las iglesias y licorerías, y...

Mis ojos se posan en una hilera de cámaras de un escaparate y mi corazón se pone a latir apresuradamente. Es una tienda de fotografía: BELLAMY, reza el cartel en letras redondas sobre la gran vidriera. Hago una foto mental del lugar para poder regresar cuando se me termine el carrete.

Mi madre reaparece con un par de botellas de agua, una barra de chocolate y una guía turística.

—Vamos, Cass. He encontrado algo que te va a encantar.

Me preparo para algo macabro o terrorífico, pero mi madre me conduce hasta un lugar llamado The Elephant House, una cafetería roja con un cartel que anuncia orgullosamente:

Aquí nació Harry Potter.

—No me lo puedo creer —exclamo y la sigo hacia el interior.

Completamente fascinada, exploro el café con mamá.

Aparentemente, fue aquí donde J. K. Rowling, la *mismísima* J. K. Rowling, imaginó a Harry, Hermione y Ron.

Aquí se sentó en una de las mesas de madera y creó Hogwarts, Azkaban y el Callejón Diagon.

Aquí inventó el Quidditch, el Torneo de los Tres Magos y las Reliquias de la Muerte.

Hasta los minúsculos baños cuentan una historia. Están *cubiertos* de notas de agradecimiento. Tantos idiomas y tantas caligrafías que se entrelazan en un difuso tapiz de amor: un monumento permanente a una legendaria colección de libros.

Para cuando salimos nuevamente a la calle, estoy radiante. Edimburgo es oficialmente mi lugar preferido.

Después las nubes comienzan a oscurecerse y un viento amenazante sopla veloz sobre mi pelo.

—Creo que va a llover —anuncio, tiritando.

—Estamos en Escocia —comenta mi madre, encogiéndose de hombros—. Siempre llueve. —Y estudia nuevamente la guía.

Debe ser la magia persistente de The Elephant House, porque cuando dice que deberíamos visitar un lugar llamado Greyfriars Kirk, acepto.

Justo cuando estamos caminando me doy cuenta de que no tengo la menor idea de qué significa *kirk*.

—Es una iglesia —explica y agrega animadamente—: ¡Y allí está el cementerio más embrujado de toda Europa!

Y, así sin más, se esfuma la fantasía del mundo de la magia, reemplazada por la amenaza de espectros y espíritus. Mientras nos dirigimos al cementerio, casi puedo escuchar a Jacob dentro de mi cabeza, pronunciando un débil y sarcástico *yuupiii*.

La verja de hierro está flanqueada por dos columnas de piedra y tiene letras redondas de metal.

GREYFRIARS.

Detrás de la verja, veo tramos de césped verde, las ventanas con vidrieras de una iglesia y gente deambulando por el área. Inhalo y siento el olor a piedra húmeda y a tierra vieja.

Pero al aproximarnos a la verja, me detengo bruscamente.

No es lo que veo o lo que huelo lo que me preocupa: es lo que *siento*.

El aire se vuelve denso y la presión crece dentro de mi cabeza, el peso del Velo ya no es un brazo alrededor de mis hombros, sino una manta mojada, pesada, asfixiante. Una tela gris flamea delante de mis ojos.

Mi madre emite un chillido de júbilo y me muestra el antebrazo con todos los pelos erizados.

—¡Mira! —exclama alegremente—. Piel de gallina.

Yo también tengo piel de gallina, pero por distintas razones.

Por embrujada que estuviera la Royal Mile, no tenía nada que ver con *esto*.

El Velo no es necesariamente malo o atemorizante en sí mismo, es simplemente otra clase de espacio. Pero la energía que hay aquí es oscura y amenazadora. Estoy por decirle a mi madre que deberíamos marcharnos, pero ella ya ha entrelazado su brazo con el mío y me conduce a través del umbral y dentro de los muros del cementerio. A pesar de que no he cruzado el Velo, igualmente siento que dejamos un mundo y nos metimos en otro.

Apenas traspasamos la verja, nos topamos con un tour turístico. El guía señala una de las lápidas donde hay juguetes de perro apilados sobre la tierra.

—Uno de los ocupantes más famosos de Greyfriars —explica con un sofisticado acento británico— era un terrier llamado Bobby. Pero a diferencia de la mayoría de los residentes, él estaba muy vivo cuando llegó por primera vez al cementerio…

Mi madre y yo nos quedamos detrás del grupo, escuchando.

—Se dice que, cuando su dueño murió y fue enterrado aquí, Bobby permaneció junto a la tumba, no por una noche o dos sino durante catorce *años*. Cuando finalmente murió…

Una colección de compungidos «oohhs» se extiende a través del grupo.

—Fue enterrado al lado de la verja. —La expresión del guía se vuelve seria—. Bobby es probablemente el fantasma más bondadoso que encontrarán entre estas piedras. Greyfriars alberga los huesos tanto de los asesinados como de los asesinos.

—El hombre deja de hablar, el silencio se vuelve tenso, y luego da unas palmadas con las manos—. Tienen una hora para hacer el recorrido. Traten de evitar al *poltergeist* que suele rondar por arriba de la colina.

Los turistas se dividen en grupos más pequeños y vagan por los senderos.

Mi madre se anima ante la promesa de un fenómeno sobrenatural.

—Eso *sí* que *tenemos* que verlo.

—Ve tú —le digo—. Yo me quedaré por las tumbas normales.

—De acuerdo, pero no te vayas muy lejos.

Se aleja saltando, con todo el entusiasmo de alguien que va en busca de unos pasteles, no cadáveres.

Me doy la vuelta y examino las subidas y bajadas del terreno. Hay lápidas por todas partes. Cubren los muros del cementerio, son altas como ataúdes puestos de pie y brotan del suelo como dientes. Algunas tumbas son nuevas (bueno, relativamente nuevas) y otras no son mucho más que trozos de piedras rotas, bloques de hormigón devorados por el césped de color verde.

Hay una calavera con huesos cruzados junto a un ángel tallado; una Parca de piedra se cierne sobre un grupo de anclas; la horca de un verdugo, un querubín, un ramo de rosas de piedra. Aquí y allá, hay pequeños presentes colocados encima de las lápidas o abandonados sobre la enmarañada maleza: campanas, chucherías, papeles doblados.

«No te vayas muy lejos», me ha advertido mi madre, y no es mi intención hacerlo, pero, con cada paso, el Velo se vuelve más pesado y me envuelve como la ropa empapada por el río, como el aire helado…

Me duelen los pulmones y la vista se me nubla, y para cuando me doy cuenta de lo que está a punto de suceder, ya es demasiado tarde.

Me empujan hacia el otro lado.

Capítulo nueve

Escucho el chirrido de manillares, siento el flujo de agua fría en los pulmones… y luego ya estoy en el otro lado. Los turistas han desaparecido y el cementerio se extiende, lúgubre y vacío.

Esto nunca me había ocurrido antes.

Por supuesto que he estado en lugares donde el Velo resulta muy fuerte, pero no tan fuerte como para estirarse y sujetarme; nunca tan fuerte como para empujarme hacia el otro lado.

Bajo la vista y distingo la espiral de luz azulada que resplandece dentro de mi pecho. Un hilo de niebla rodea mis rodillas. Siento que no está bien que esté aquí sin Jacob, así que me doy la vuelta buscando la forma de regresar, pero es como si mis pies hubieran echado raíces en el suelo húmedo.

El césped susurra y mi pulso se desata, pero es solo un terrier trotando entre las lápidas: Bobby, el perro que permaneción junto la tumba de su dueño hasta que murió.

Noto más movimiento arriba en la pendiente. Allí, un hombre camina de un lado a otro frente a una cripta, fumando una pipa y hablando solo por lo bajo. Las sombras parpadean alrededor de su figura, manchando el aire de negro.

El poltergeist, pienso, recordando la emoción de mi madre. Pero el hombre no se aleja de su cripta y, cuando comienzo a pensar que este lugar no está tan mal, alguien grita.

Giro y el Velo ondea a mi alrededor mientras más figuras cobran forma entre la niebla. Un hombre arrastrándose hacia una plataforma, donde lo espera una horca. Me alejo y me encuentro con una procesión de gente que se dirige hacia la entrada.

No debería estar aquí, tengo que marcharme, necesito salir del Velo, y estoy a punto de hacerlo… cuando veo una mujer que me mira.

Lo primero que noto es el color de su capa… un rojo tan intenso que es como una rasgadura en la tela gris del Velo. Se mueve a través del cementerio, mechones de cabello negro se enrollan como dedos alrededor de su capucha. Su piel, donde está expuesta, es blanca como la leche, los labios son color carmesí.

Quiero tomar una foto, pero mis manos cuelgan inservibles a los costados de mi cuerpo.

Más allá del Velo, comienzan a repicar las campanadas de una iglesia.

Más allá del Velo, alguien pronuncia mi nombre, pero la voz es lejana y débil, y no puedo apartar la mirada de la mujer de rojo.

Ella me mira fijamente. No con la mirada perdida como otros fantasmas, sino *directamente* a mí, y es como si un dedo descendiera por mi espalda. Sus ojos oscuros viajan por mi cuerpo y se detienen en la espiral de luz de mi pecho.

La mirada que atraviesa su rostro es *ávida*.

—*Cassidy…* —repite la voz, pero se apaga cuando la mujer de rojo comienza a tararear.

Su voz atraviesa el cementerio, baja, suave y dulce. Como si alguien tocara una cuerda detrás de mis costillas. La melodía se propaga por mis huesos, mis músculos, mi cabeza.

Comienzo a sentirme mareada, como si me dolieran los pulmones, como si hubiera estado mucho tiempo debajo del agua y tuviera que subir a la superficie para respirar. La mujer levanta el brazo y, antes de que pueda reaccionar, me estoy moviendo *hacia* ella, abriéndome paso entre las tumbas, hacia sus dedos extendidos, y...

—¡Cassidy! —Jacob se interpone en mi camino. Coge mi brazo y me arrastra hacia el otro lado del Velo. Por un instante, siento el aire gélido antes de aterrizar de espaldas sobre el césped.

—¿Por qué has hecho eso? —pregunto.

—Te he llamado muchas veces —responde—, y no me contestabas. —Sacude la cabeza—. No deberías cruzar el Velo sin mí.

—No quería hacerlo —confieso—. Fue como si me succionara.

Su rostro es una combinación de confusión y preocupación. Echo una mirada más allá de él, pero la mujer de la capa roja ya no está. Ha desaparecido junto con el resto del Velo. A nuestro alrededor, el cementerio está lleno de ruidosos turistas y del sonido de las campanadas de la iglesia que dan la hora.

Me pongo de pie y me quito el césped de los pantalones vaqueros.

—¿Dónde *estabas*?

—Lo siento —responde inclinando la cabeza—. Supongo que... me perdí...

Vuelvo a recordar el espejo, su expresión vacía mientras salía de la habitación. Jacob se estremece, como si no quisiera recordar, de modo que intento olvidar.

—¿La has visto? —pregunto.

—¿A quién?

Mis ojos se desvían otra vez hacia el lugar donde estaba ella.

—Una mujer con una capa roja...

—¡Aquí estás! —exclama mi madre dirigiéndose hacia mí—. Te he estado buscando por todas partes. —Observa el cielo con los ojos entornados—. Creo que tenías razón con respecto a la lluvia. ¿Estás lista para irte?

—No sabes cuánto —contesto, justo antes de que las primeras gotas comiencen a caer.

Para cuando llegamos a Lane's End, Jacob es el único que sigue estando seco. Teníamos un paraguas, pero ahora cuelga destrozado de la mano de mi madre, los delgados brazos de metal quebrados y rotos por la primera ráfaga de viento fuerte. Mi madre no parece molesta en absoluto, pero el agua me salpica los ojos y mis pies chapotean dentro de los zapatos cuando subimos los escalones de entrada, la chaqueta envuelta alrededor de la cámara.

Mi madre se dirige a conversar con la señora Weathershire, pero Jacob y yo continuamos subiendo la ancha escalera de madera. Lo único que quiero es una ducha caliente y ropa seca. Repentina y tentadora, la imagen de la casa en la playa asalta mi mente.

—¿Cómo era? —pregunta Jacob—. ¿La mujer de rojo?

Meneo la cabeza intentando recordar. Pero los fragmentos de mi mente no tienen nada que ver con lo que vi. Con lo que sentí.

—No sé —respondo lentamente—. Pero no era como los demás fantasmas. Era muy brillante, muy real, no se mimetizaba con el resto, y cuando me vio, me *vio*, me vio de verdad…

—¿Con quién estás hablando?

La pregunta surge de la nada. Eso es hasta que subo los últimos peldaños y veo a la chica de antes. Está sentada delicadamente en el borde de la ventana del descansillo del segundo piso, un libro abierto en el regazo y la trenza negra colgando por encima de un hombro.

—¿Y bien? —insiste. Su acento es formal, tan nítido que no logro darme cuenta de si es uno o dos años mayor que yo, o simplemente *muy* británica—. ¿Con quién hablabas?

—Conmigo misma —respondo, intentando no echar una mirada a Jacob—. ¿Nunca hablas contigo misma?

—No lo tengo por costumbre —repone arrugando los labios. Y su mirada regresa al libro.

—Vamos, Cass —susurra Jacob, pero regresa otra vez la sensación de *déjà vu*, como el *tap-tap-tap* del Velo, solo que esto es un *tirón* que me arrastra más cerca.

—¿Te vas a quedar aquí mucho tiempo? —le pregunto a la joven.

—Quién sabe —responde sin alzar la vista.

Muy bien, así que no es la chica más charlatana del mundo.

—Bueno, debería ir a cambiarme. —Señalo mi ropa—. Tengo empapada hasta las bragas.

Un sonido débil escapa de su boca, algo entre un resoplido y una risa burlona.

—Querrás decir *ropa interior*.

La miro sin comprender.

—Así llamamos nosotros a la ropa interior femenina.

Jacob lanza una carcajada y, aunque parezca una locura, juro que la mirada de la chica se desvía hacia él. Solo por un segundo. Es tan rápido, que casi no me doy cuenta. Tan rápido que no puedo estar segura. Pero Jacob se queda en silencio y se situa detrás de mí.

—Bizcochos, pisos, elevadores, ropa interior —enumero—. Pensé que hablábamos el mismo idioma.

—Difícilmente. —Cierra el libro y me echa un vistazo fugaz—. ¿Qué te ha traído a Escocia?

—Fantasmas.

—¿A qué te refieres? —pregunta entrecerrando los ojos.

—Mis padres —explico—. Están grabando un programa sobre fantasmas famosos en todo el mundo. Esta es nuestra primera parada.

La tensión desaparece de su semblante.

—Ah. Ya veo.

—Sí —prosigo—, aparentemente Escocia está *realmente* embrujada.

—Aparentemente. —Se pone de pie y ahí es cuando veo su collar.

Es una larga cadena de plata con un colgante. Mientras ella se endereza, el colgante gira. Me doy cuenta de que es un espejo pequeño y redondo. Me produce una extraña sensación detrás de la cabeza, pero no sé qué es. De inmediato, lo mete debajo del cuello.

—Soy Cassidy Blake —digo, extendiendo la mano.

Me observa unos segundos antes de estrechármela.

—Lara Jayne Chowdhury.

Pasa a mi lado y baja las escaleras y, aunque parezca una locura, puedo *sentir* que se aleja, como si hubiera una cuerda extendiéndose entre nosotras. Y tal vez ella también puede sentirlo, porque echa una mirada hacia atrás y me estudia por un instante, la frente arrugada por sus pensamientos.

—Cassidy, ¿crees en los fantasmas?

No sé qué contestar.

Se supone que debería decir que no. Pero me cuesta hacerlo cuando Jacob se encuentra a mi lado con los brazos cruzados. Finalmente, creo que mi silencio habla por mí, porque la boca de Lara se tuerce en algo parecido a una sonrisa.

—Tomaré eso como un sí —comenta y desaparece por las escaleras antes de que pueda preguntarle qué piensa *ella*.

Jacob espera a que se haya ido para hablar.

—Esta chica me produce una sensación extraña.

—Sí —murmuro—. Ya somos dos.

Capítulo diez

Esa noche, mis padres y yo nos sentamos en el suelo alrededor de una mesa de café y comemos *fish and chips*, comprado en un restaurante de comida para llevar. Siento cierto escepticismo ante este plato, pero pasamos por seis lugares distintos entre el aeropuerto y Lane's End que ofrecían esta comida, así que *algo especial* debe de tener.

Abro la caja y observo el contenido. Un trozo gigante de pescado frito encima de una montaña de patatas fritas enormes.

Levanto la vista, confundida.

—No son chips.

—Claro que sí —exclama mi madre con una sonrisa traviesa y entonces me doy cuenta de que esta es *otra* de esas palabras cuyo significado se ha perdido con la traducción.

—Mmm, no —insisto—. Estas son *patatas fritas*. Las *chips* vienen en un tubo o en bolsas.

—Ah. Aquí, este tipo de patatas se llaman *crisps*.

Confirmado. Nada es seguro. Echo un vistazo a mi alrededor y miro debajo de una pila de servilletas.

—¿Y el kétchup?

Y, en este momento, mi madre me informa que no hay kétchup, porque toda la comida está cubierta de *sal y vinagre*. El olor que envuelve la habitación es una extraña combinación de comida frita (algo bueno) y vinagre (algo que estoy bastante segura de que no va *encima* de la comida).

Estoy a punto de rebelarme cuando mi madre levanta una patata frita/chip y la sostiene delante de mi cara.

—Vamos, Cass —me alienta—, pruébala. Si te parece horrible, pedimos pizza.

Con la suerte que tengo, seguramente aquí *pizza* significa *pulpo*. Arrugo la nariz.

—Cobarde —se burla Jacob desde el sofá, lo cual no es justo ya que *él* no tiene que probarla.

Acepto la «chip» gruesa que me ofrece mi madre y la muerdo con cautela.

La boca se me llena de patata caliente y sal, el sabor del vinagre es raro pero refrescante frente al aceite de las patatas. No se parece a nada que haya probado antes.

Y es *completamente delicioso*.

Pruebo el pescado y es igual de bueno.

—Guau.

—¿Ves? —exclama mi madre con una brillante sonrisa.

—Está muy bueno —comento, pero la comida está caliente y tengo la boca llena, de modo que brota algo parecido a *tamubuen*.

—Creo que estarás comiendo «haggis» antes de que termine el viaje.

No tengo idea de qué es eso, pero ante la sola mención, hasta mi padre hace un gesto de desagrado, de modo que decido no preguntar. Lo archivo bajo el título de: *Cosas que es mejor mantener en el misterio*.

La realidad es que las chips son increíbles siempre y cuando estén *calientes*. En cuanto se enfrían, se convierten en una masa floja y salada, que es lo que le está sucediendo a la porción de mi padre.

Él no ha tocado su comida. Está muy ocupado leyendo atentamente los periódicos del señor Weathershire: una colección de informes tomados de vecinos, amigos y compañeros del pub local.

—Fascinante —murmura mi padre—. La forma en que conectan todo, historia y mito. Se puede ver el sustento pagano...

—John —dice mi madre con impaciencia—. Tu comida.

Mi padre emite un sonido evasivo, toma una patata fría del montón y se la mete en la boca. Esa es una imagen muy común en nuestra casa: mi padre inclinado sobre el ordenador tecleando sin parar mientras los restos de la comida permanecen olvidados a su lado. Mi madre y yo ya estamos acostumbradas.

Jacob entorna los ojos y concentra su mirada en una patatita blanduzca que cuelga de la cajita de mi padre. Si fuera humano, a estas alturas, ya le estaría sangrando la nariz de tanta concentración. En cambio, todo su cuerpo ondea por el esfuerzo mientras extiende la mano y apoya un dedo en la patata. Un segundo después, esta se inclina y cae.

Jacob levanta los brazos en señal de triunfo.

—¡Observad mi poder de telequinesis! —exclama, a pesar de que estoy bastante segura de que la patata ya estaba perdiendo la batalla contra la gravedad.

Mi padre le da la vuelta a la hoja de un periódico envejecido y emite un *mmm* en voz baja.

—¿Algo bueno? —pregunto.

—Es una mezcla —responde—. Algunos solo contienen divagaciones y otros son relatos muy juiciosos, pero todos hablan de estos mitos y leyendas como si fueran datos reales.

Mi madre esboza una sonrisa de triunfo.

—Las historias tienen poder —comenta—. Siempre y cuando creas que son ciertas.

—Como aquí. —Mi padre asiente distraídamente mientras da un golpecito en la página—. Hay una colección de historias sobre Burke y Hare.

Los apellidos me resultan familiares. Luego lo recuerdo: escuché que los mencionaba uno de los artistas callejeros de la Royal Mile.

—¿Quiénes son? —pregunto intrigada.

—Bueno, a principios de 1800 —explica mi padre—, los estudiantes de medicina necesitaban cadáveres para sus prácticas y había escasez, de modo que los ladrones de tumbas desenterraban a los que acababan de morir y los enviaban a las universidades. Pero William Burke y William Hare decidieron que, en vez de desenterrar cuerpos, ellos mismos los conseguirían.

A mi lado, Jacob se estremece y yo contengo la respiración.

—Asesinaron a dieciséis personas antes de que los atraparan y juzgaran. Hare testificó en contra de Burke y finalmente fue liberado, pero a Burke lo colgaron y luego lo diseccionaron en una clase de anatomía, de la misma manera en que él había diseccionado a sus víctimas.

Jacob y yo intercambiamos una mirada de horror.

—Según este narrador —prosigue mi padre dandole la vuelta a la página—, los huesos de William Burke aún se encuentran en la facultad de medicina de la universidad. Su fantasma vaga por los corredores trayendo con él el olor a muerte y a tierra de su tumba.

Por un momento, nadie habla.

Fuera, el viento sopla con más fuerza, un silbido siniestro a través del viejo marco de la ventana.

Mi padre pasa rápidamente las hojas del periódico con el pulgar.

—Hay decenas de relatos, algunos arraigados en la historia, como el de Burke y Hare; otros, poco más que leyendas urbanas. Víctimas de la peste enterradas en las paredes. Músicos sin cabeza. Tabernas con fantasmas. El *poltergeist* de Mackenzie. La Corneja Roja.

Me enderezo en el sillón al recordar a la mujer del Velo, su capa color carmesí. El pecho se me pone tenso.

—¿De qué trata su historia? —pregunto.

—¿Cuál de ellas?

—La de la Corneja Roja.

Mi padre vuelve atrás un par de hojas.

—Mmm. Aparece en varias historias diferentes de chicos perdidos… supongo que es una variante del mito de la «la mujer de negro», la madre vestida de viuda que roba niños. Sin embargo no hay antecedentes de esta historia, en ninguno de los periódicos de Weathershire. Pero las bóvedas de la peste, esa sí que es una sección fascinante…

Pero yo me he quedado enganchada con los *chicos perdidos*.

Puedo sentir la mirada fija de Jacob mientras mi mente da vueltas sobre el recuerdo del Velo, los ojos y el pelo negro de la mujer, su canto hipnótico. Es extraño, pero cuando la vi, no sentí miedo. Todo lo contrario, fue como un poco de sol en un día gris. En ese momento, cuando cantaba, yo *quería* seguirla. No podía pensar en otra cosa.

Pero ahora que ya no está, el miedo crece.

Mi madre palmea las manos y se pone de pie.

—Creo que ya tenemos suficientes historias de fantasmas por esta noche.

Limpiamos los restos de *fish and chips* y nos preparamos para ir a dormir. Mi padre apaga las luces de la sala de estar y Jacob desaparece, como siempre hace por la noche.

Los fantasmas no necesitan dormir y después de haberlo encontrado en una ocasión encaramado al borde de mi cama, *observándome* dormir, le dije que eso no era agradable. Ahora no sé *a dónde* va (si simplemente se apaga como una luz o vaga por las calles), solo sé que no está aquí.

No puedo dejar de bostezar y, para cuando me meto en la cama, puedo sentir cómo me voy hundiendo en ese lugar nebuloso antes de dormirme. La ventana entreabierta de mi habitación deja entrar una brisa fresca y una oleada de ruido bajo y distante. En algún lugar cercano, un bebé llora. Una anciana se ríe. Una pareja se pelea.

Al menos, eso es lo que *parece* al principio, pero pronto me doy cuenta de que son las gaviotas llamándose en la oscuridad. Graznan, trinan y gorjean, pero cuanto más las escucho, más me parece oír una voz femenina entrelazándose con el viento, los graves y agudos de su canción me van arrastrando dentro del sueño.

Capítulo once

A la mañana siguiente, el grupo de grabación llega temprano, dos hombres y una mujer, todos con jerséis negros de
cuello alto. Vienen cargados de equipos y llenan de ruido nuestro piso de Lane´s End. Comienzan a hablar de los horarios y
hacen fotografías del ambiente, convirtiendo a la cálida sala de
estar en un remolino de charlas técnicas.

Jacob se pone frenético con tanta energía y comienza a jugar a su juego preferido, que consiste, básicamente, en seguir a
los miembros del equipo por todo el lugar, agitando las manos
delante de sus caras y charlando como si formara parte del
grupo.

Me siento en el sofá, limpio las gotas de lluvia del objetivo
de la cámara e intento no interponerme en el camino de nadie.
Grim holgazanea debajo de la ventana y le hago una fotografía
mientras bosteza, transformándose, durante un instante, en
un pequeño león negro.

—Qué buena cámara —comenta la mujer del equipo de
grabación—. Es vieja. —Lleva su propia cámara colgando del
cuello, enorme, de alta tecnología y llena de configuraciones.
Ve a Grim—. Ah, genial, ¿es el gato de las portadas? —Se arrodilla para intentar hacerle una fotografía.

De un salto, Jacob se coloca junto al gato y posa guiñándome el ojo, y me río. Ambos sabemos que no saldrá en esas sofisticadas cámaras digitales (ya puedo ver la imagen en su pantalla), pero es divertido saber que en la fotografía hay algo más de lo que ellos podrán ver.

Bajo la mirada hacia mi propia cámara. No tengo manera de ver las fotos que hice, lo cual significa que, hasta que la revele, la película que está dentro será un misterio esperando ser expuesto.

Aparecen mis padres con aspecto de haber salido de la portada de uno de sus libros: mi padre con su chaqueta de *tweed* y mi madre con su moño desordenado, lleno de bolígrafos. Yo no tengo un papel que desempeñar. Aparentemente, el canal pensó que yo sumaría «un gracioso elemento familiar», pero mis padres fueron más protectores, y a mí me parece bien: nunca me ha gustado actuar, siempre he preferido estar *detrás* de cámara. Por lo tanto, vestida con unos *leggings* y envuelta en una gigantesca sudadera, observo cómo un hombre coloca un pequeño micrófono en el interior de la chaqueta de mi padre. La mujer hace lo mismo con mi madre, que está ocupada ordenando sus carpetas.

Ella saca una hoja de papel con las tres localizaciones donde grabarán hoy:

1. *LAS BÓVEDAS DE SOUTH BRIDGE*
2. *MARY KING'S CLOSE*
3. *THE WHITE HEART INN*

—Aquí tienes, Cassidy —dice mi padre entregándome un teléfono móvil y enseguida me espabilo—. Esto es para ti

—explica—. Pero no es un juguete. Es para llamadas, mensajes de texto y emergencias. *No* para *Candy Crush*. —Pongo los ojos en blanco.

Suena una alegre melodía de llamada, pero no proviene de mi nuevo teléfono. Uno de los miembros del equipo anuncia que Findley está abajo.

Findley, descubro en este mismo instante, resulta ser nuestro guía oficial.

Mis padres y yo bajamos (junto con el equipo y, por supuesto, Jacob). Findley nos está esperando en la sala de estar. Es un hombre bajo y corpulento, de barba recortada y una zona calva en medio de la cabeza, entre unos rizos rojos, por lo que da la impresión de que llevara una corona. Me recuerda un poco a un Hagrid pelirrojo.

La señora Weathershire le está sirviendo un té, la taza resulta tan pequeña en su ancha mano que parece que estuviera vertiendo agua caliente directamente en su palma.

Al vernos, su rostro se abre en una amistosa sonrisa.

—Findley Stewart —se presenta, los ojos brillantes—. He escuchado que buscan un buen susto. Bueno, han venido al lugar adecuado. —Su voz estruendosa tiene la cadencia de esos narradores de historias que mi madre y yo vimos en la Royal Mile.

Findley se bebe el té de un solo trago y coloca la taza a un lado.

—¿Nos vamos?

Y así sin más salimos a pie, Findley a la cabeza del grupo.

—No quiero perderme un poco del buen tiempo —comenta—. Por aquí —explica—, uno disfruta del sol cada vez que aparece… quién sabe cuánto tiempo durará.

Findley y mi madre parecen tener la misma definición de «buen tiempo».

El suelo está húmedo y franjas de cielo azul se asoman entre las nubes, que rápidamente son devoradas por el gris.

Mi padre alza la mirada y, justo en ese mismo momento, una gota de lluvia golpea sus gafas. Findley le da una palmada en la espalda, ríe y echa andar por la calle.

Mientras atravesamos la Ciudad vieja, nuestro guía divaga sobre pestes y asesinatos, ladrones de tumbas y cuerpos enterrados en las paredes, como si hablara de té, tarta y siestas al sol.

Mi padre ha sacado su diario, donde realiza anotaciones, la atención dividida entre escribir detalles y no tropezar con el empedrado. Mi madre está completamente inmersa en los cuentos de Findley, inclinada hacia él como un girasol hacia la luz. Por experiencia, sé que mi padre se encargará de la parte histórica y el trabajo de mi madre será adornar el relato. Hacer que el espectador crea. Ella es buena en eso. Solía contarme historias tan reales que después soñaba con ellas. Y otras tan aterradoras que no me dejaban dormir.

Resulta que Findley era amigo del difunto señor Weathershire. Solían recorrer juntos los pubs de la ciudad y lo ayudaba a recopilar todos esos relatos que llenan sus diarios. Findley parece saber *mucho* acerca de los mitos y las leyendas de Edimburgo.

Lo cual me da una idea.

—Ey, Findley —digo—. ¿Conoces la historia de la Corneja Roja?

Se frota la cabeza mientras piensa.

—*Och, aye*—murmura con su acento escocés y una inclinación de cabeza—. Hace mucho tiempo que no escuchaba hablar de ella...

Mi corazón late con más fuerza.

—Es uno de esos cuentos de cuando éramos niños —continúa—. Para mantenerte en la cama por la noche. Déjame pensar... Hay diferentes versiones: algunos dicen que ella perdió un hijo, otras que no podía tener hijos, algunos que era viuda y otras que era una bruja... pero esta es la versión que yo conozco.

»Había una vez una mujer, una belleza de piel blanca y pelo negro, y un niño pequeño a quien le encantaba vagar. Y una vez hubo un invierno feroz, una tormenta de nieve que cubrió de blanco la ciudad, y el niño salió a jugar y no regresó. La mujer se puso la capa roja para que su hijo la viera y recorrió las calles llamándolo, cantándole, llorando por él, pero el niño nunca regresó a su hogar. Buscó toda la noche y todo el día, y se congeló, o debería haberse congelado, pero, en cambio, algo se rompió en su interior. Comenzó a echarles el ojo a otros niños, comenzó a llamarlos y a cantarles, y a llorar por ellos, hasta que aparecieron, atraídos por su voz y su capa roja.

Desvío la mirada hacia Jacob, el rostro atravesado por la preocupación.

—Se dedicó a robar niños durante todo el invierno —prosigue Findley—, tentándolos a abandonar sus camas calientes, los brazos de sus padres y los lugares seguros. Encontraron sus cuerpos delante de su puerta, de pie y congelados.

Me estremezco ante la idea. El recuerdo del frío en mis pulmones. La idea de que trepe por mi piel y me recubra de hielo.

—Pero ¿por qué la llaman la Corneja?

La pregunta proviene de Jacob, pero yo se la repito a Findley.

—Ah —exclama—, tal vez por los pájaros que se posan en su tumba, o por el color de su pelo, o por lo que continúa diciendo la historia, que, si ella te atrapa, la mano sobre tu hombro se transformará en garra, su voz se romperá en un áspero *graznido*, su pelo negro se convertirá en alas y saldrá volando llevándote en sus garras. Ella atormenta la ciudad todos los inviernos, robando chicos y deleitándose con su calor.

—¿Como el flautista de Hamelín? —apunta mi madre.

—*Aye and nae* —responde Findley—. Sí y no. El flautista es un cuento para niños y nuestra Corneja es un fantasma. Colgada por sus crímenes y enterrada en la Iglesia de Greyfriars. Las mujeres que han sido madres dejan regalos en su tumba —agrega—. Como si fuera una santa, solo que le pides que se mantenga alejada. —Esboza una sonrisa cálida—. Pero no tienen que preocuparse por la Corneja en esta época del año. Ella viene con el frío.

Entonces, ¿por qué, me pregunto, la vi en el cementerio? ¿Por qué parecía quererme?

—¿Usted cree en fantasmas, señor Stewart? —pregunta mi padre levantándose las gafas.

Findley se frota la barba.

—Le diré en qué creo, señor Blake. Creo en la historia. —A mi padre se le ilumina la cara. *Respuesta correcta*, pienso. Findley continúa—. Edimburgo tiene gran cantidad de historia y no toda es alegre. Las cosas que mi ciudad ha visto, bueno, tienen que dejar una marca. Ahora, si es una tumba o un fantasma, no lo puedo decir, pero les costará mucho encontrar a alguien que no haya sentido la presencia de algún espíritu o visto algo que lo ha dejado pensando.

Tomamos una calle ancha llamada South Bridge: la primera parada en nuestro plan de grabación.

Al ir pasando delante de cafeterías, librerías y una decena de lugares convencionales, comienzo a relajarme. Puedo sentir el Velo, pero no me golpea el hombro. La atracción es más suave, roza la suela de mis zapatos, como si se desprendiera de la calle y flotara en el aire.

Los miembros del grupo revisan sus equipos y comienzan a grabar, mientras mis padres narran.

—South Bridge —comienza mi madre— puede parecer una calle común, pero las bóvedas construidas *debajo* son el lugar donde han tenido lugar muchas apariciones.

Dios mío, pienso y bajo la vista.

—No, no, no —dice Jacob.

—Diecinueve bóvedas, para ser exactos —interviene mi padre—. Y, en efecto, fue un puente —agrega— antes de que la ciudad se erigiera a su alrededor.

—Algunos dicen que el puente de South Bridge estaba maldito desde sus orígenes —prosigue mi madre—. Cuando la obra concluyó, el honor de cruzarlo cayó sobre la esposa de un juez, pero ella murió unos días antes de la ceremonia… —Mi madre se detiene ante una puerta—. Desgarrada entre sus supersticiones y sus planes, la ciudad decidió marcar la inauguración del puente enviando su ataúd.

—Corte —exclama un miembro del equipo—. Ha estado genial.

—Nuestro permiso para grabar aquí es para mañana —explica otro—, así que esperaremos hasta entonces para hacer las tomas de las bóvedas.

Jacob y yo suspiramos aliviados.

Doblamos en la esquina y nos encontramos nuevamente en la Royal Mile, con sus artistas callejeros y guías turísticos vestidos con ropa de época.

El equipo graba lo que Findley llama «Rollo B» de mis padres caminando a través de la multitud, rodeados por los edificios antiguos y majestuosos. Después, Findley nos conduce a una tiendecita. El letrero de fuera dice: THE REAL MARY KING'S CLOSE.

—¿Qué es un *close*? —pregunto.

—Un *close* —explica mi padre— es un conjunto de callejones donde la gente solía vivir y trabajar. Pero cuando la ciudad se fue extendiendo, lo nuevo creció sobre lo viejo y los callejones fueron tapiados. Las calles subterráneas quedaron olvidadas durante siglos y, más tarde, las encontraron.

—Eso suena prometedor —bromea Jacob con rostro deliberadamente inexpresivo mientras entramos.

Dentro, quién iba a imaginarlo, me encuentro sorprendida con una *tienda de regalos*.

Hay altos exhibidores metálicos llenos de folletos y *souvenirs*, fotos ampliadas en la pared y un mostrador donde se venden tickets, y nada de eso parece particularmente atemorizante.

—Ah, el equipo de televisión —dice una mujer que está detrás del mostrador.

—Los estábamos esperando —agrega con alegría su compañero.

La mujer sale de detrás del mostrador y nos hace señales de que la sigamos hasta otra puerta.

—Podemos darles una hora —advierte, abriendo la misma.

Una corriente de aire fresco se cuela por ella y un mal presentimiento brota en mi pecho.

—Cariño —me dice mi madre, mirándome con atención—. No tienes que bajar con nosotros si no quieres.

—¿Has oído eso eso? —pregunta Jacob—. Podríamos quedarnos aquí arriba, donde todo es agradable y no está tan embrujado.

Pero aquí está de nuevo, el *tap-tap-tap*. La necesidad de darme la vuelta y descorrer la cortina.

—No —exclamo, enderezando los hombros—. Voy con vosotros.

Jacob gruñe irritado y Findley sonríe ampliamente.

—Así me gusta.

Se distribuyen linternas entre el equipo y, provistos del tenue resplandor eléctrico, nos abrimos paso en la oscuridad.

Capítulo doce

Mientras descendemos, lo mismo ocurre con la temperatura.

Cae un poco con cada peldaño. Solo que no hay peldaños, porque la entrada a Mary King's Close es como un conjunto de peldaños alisados. Una pendiente cuesta abajo iluminada solamente por tenues bombillas amarillas en las paredes.

Encima de nuestras cabezas, hay sábanas colgando de cuerdas y es difícil creer que estamos bajo tierra, aun con el aire húmedo y el olor a tierra vieja y a piedra mojada.

Pero pronto el suelo se nivela y llegamos al final de la pendiente.

—No ha estado tan mal —comento.

—Ay, muchachita —exclama Findley riendo—, eso no era el Close. —Me toma del hombro y me hace girar hacia la derecha—. *Este* es el Close.

Oh.

Se extiende delante de mí: un laberinto de calles estrechas y portales cubiertos, arcadas de piedra y lugares a donde no llega la luz. Escucho el lejano gotear del agua y veo sombras danzando sobre las paredes.

Jacob se cruza los brazos sobre la camiseta.

—Bueno, esto sí que es genial.

Los cámaras comienzan a prepararse, probando el equipo y ajustando las luces.

—Casi me olvido —señala Findley alcanzándole a mi madre un dispositivo pequeño y rectangular. Parece un *walkie-talkie* con una hilera de luces al frente.

—¡Un medidor de CEM! —chilla mi madre encantada. Su voz resuena por los túneles mientras agita el dispositivo hacia mí—. Campos electromagnéticos —explica—. Sirve para medir la actividad paranormal.

Mueve el interruptor y el medidor emite un silbido débil, como el sonido de una radio entre frecuencias. Mi madre lo sacude de un lado a otro, como buscando una señal. Jacob me lanza una mirada traviesa y se acerca al aparato. El dispositivo se enciende y emite un tono bajo.

—¿Quién iba a creerlo? —exclama mi madre—. Funciona.

Pienso en decirle que es Jacob, pero lo último que necesito es que el equipo del programa se entere de que mi mejor amigo es un fantasma. Aun así… tengo que admitir que es genial ver su presencia registrada en el dispositivo.

Jacob retrocede y el sonido se apaga, dejando solamente el goteo del agua sobre la piedra y el rumor de nuestros pies.

Aquí abajo hay mucho silencio, pero no tanto como debería.

El viento silba y me parece escuchar que alguien grita, las palabras resultan inalcanzables. Cuando Findley me pesca aguzando el oído, sonríe.

—Es la Ciudad vieja que te engaña haciéndote oír cosas que no existen —susurra.

—¿Será eso? —murmura mi madre guiñándome el ojo. Y luego se vuelve hacia la cámara y comienza la grabación.

—El problema de Mary King's Close —comienza ella— se remonta a la peste.

—Con respecto a los cadáveres —explica mi padre con su tono de profesor—, existen dos grandes causas en la historia: guerras y enfermedades.

—Y Escocia tuvo gran cantidad de ambas —añade mi madre.

Mi padre retoma el tema, el relato pasa entre ellos como si fuera una carrera de apuestas.

—Cuando la peste llegó a Edimburgo y la gente cayó enferma, los sanos tenían tanto miedo de los enfermos que, a veces, los sepultaban *antes* de que estuvieran muertos.

Me estremezco y miro a Jacob, que me devuelve la mirada, los ojos azules agrandados por un terror fingido. O tal vez real. Es difícil decidir cuándo Jacob está *realmente* asustado y cuándo simplemente se está burlando de mí.

Así son las cosas entre nosotros.

Él finge estar asustado, incluso cuando no lo está.

Yo finjo *no* estar asustada, incluso cuando lo estoy.

Me acerco más a él. Aun cuando no sea de carne y hueso, yo me siento mejor teniéndolo cerca.

Permanecemos uno al lado del otro, lo más juntos que podemos, sin que yo coloque un codo a través de su costado.

El Velo me golpea el hombro y mis dedos aprietan instintivamente la correa de la cámara.

—Ni lo pienses —advierte Jacob.

No te preocupes, le digo con el pensamiento.

El Velo baila junto a mí, intentando tentarme para que me dé la vuelta y mire, pero no lo hago. Aquí el Velo tiene algo oscuro, *malicia*, como la energía de Greyfriars Kirk.

—¿Cómo se crea un fantasma? —pregunta mi madre, que ahora habla suavemente, como si estuviera sentada al borde de mi cama—. Tal vez tenga que ver con la forma en que una persona ha vivido. Pero yo siempre he creído que tiene que ver con la forma en que *murió*. —Golpea la pared más cercana con los nudillos—. Existe una razón por la que decimos que estos espíritus son *inquietos*.

Esto no tiene *nada* que ver con esos programas de fantasmas que dan por televisión, que son de muy mala calidad. La forma en que hablan mis padres… es como si mi madre estuviera leyendo una historia en voz alta. Como si mi padre estuviera dando una conferencia en frente de su clase. Tienen un talento innato, y yo me siento tan cautivada por sus voces que, por unos minutos, me olvido de tener miedo. Me olvido de que estamos en medio de un laberinto enterrado y rodeados de huesos.

Y después echo una mirada cautelosa hacia el lado y me encuentro con un par de ojos que me observan fijamente desde un rostro pálido.

Profiero un aullido y me caigo hacia atrás contra Findley.

—Corten —exclama uno de los cámaras.

—Lo siento —balbuceo, sintiéndome culpable por haber arruinado la toma—. He visto…

El segundo operador de cámara gira su reflector hacia las sombras, que rebota sobre el brillo plástico de una figura de cera.

—Oh —exclama Findley—. Están por todos lados. Son para crear *atmósfera*.

—Es algo completamente normal —comenta Jacob secamente—. No es retorcido en absoluto.

Mis padres, el equipo de grabación y Findley caminan por un pasillo. Cuando comienzo a seguirlos, el *tap-tap-tap* se apaga un poco. Me doy la vuelta, examino el corredor y me marcho en otra dirección. El Velo se vuelve más fuerte. Si estuviera jugando a Frío y Caliente, yo estaría calentándome mientras mis padres se dirigen directamente hacia aguas heladas.

Ellos podrán ser brillantes pero está claro que no tienen la menor idea de cómo encontrar fantasmas *de verdad*.

Espero a que se encuentren entre dos tomas (las lucecitas rojas de la cámara claramente apagadas) antes de exclamar:

—Por aquí.

Por aquí aquí aquí, reverbera mi voz.

Mis padres vuelven sobre sus pasos, el equipo los sigue un poco más atrás.

—¿Has encontrado algo? —pregunta Findley.

—Solo un presentimiento —repongo encogiéndome de hombros.

Atravesamos una puerta de muy baja altura. El lugar se va achicando, el techo es apenas más alto que mi padre. Es una habitación estrecha, sin ventanas, toda de piedra.

Parece una tumba.

Las cámaras comienzan a rodar y el medidor de CEM se enciende de nuevo.

Pero, esta vez, Jacob no está cerca de él. El volumen cambia del tono bajo que emitió antes a un fuerte gemido, casi un aullido.

—Bueno, esto sí que es un «no» grande como una casa —comenta Jacob, retrocediendo.

No te atrevas a abandonarme aquí, susurro en mi cabeza.

Nunca he sido muy claustrofóbica, pero estoy comenzando a desear haberme quedado en la calle. Mientras mis padres están grabando, regreso al pasillo y no percibo el *tap-tap-tap* que se acerca con rapidez por detrás, hasta que ya es muy tarde.

El Velo se extiende hacia mí.

—Cuando se tapiaron las calles inferiores durante la peste… —explica mi padre.

Me sujeta de los hombros.

—… algunas de las víctimas fueron sepultadas en su interior…

Me aferra las mangas.

—Cass —me advierte Jacob mientras cierro los ojos con fuerza.

No me voy a dar la vuelta.

No voy a mirar.

No…

Pero, al final, no importa.

El Velo se abre detrás de mí y lanzo un grito ahogado, el aire frío me inunda los pulmones mientras me arrastra hacia abajo.

Mary King's Close está *poblado* de fantasmas.

Tosen, llaman, pasan arrastrando los pies. Alguien emite una tos seca. Un conjunto de harapos que está en el suelo se da vuelta. Hay una persona (*había* una persona) ahí dentro.

Hay ladrillos apilados sobre el suelo húmedo y paredes a medio construir se elevan y se desploman a ambos lados. Cerca, un puño golpea la piedra con un sonido sordo.

Jacob emite un gruñido de irritación y se pasa la mano por su desgreñado pelo rubio.

—*Cass*.

—No ha sido mi intención —digo.

—Lo sé —murmura, cruzando los brazos sobre el pecho con un estremecimiento—. Marchémonos de aquí de una vez.

Echo una mirada a mi alrededor.

El equipo de grabación, Findley y mis padres han desaparecido velozmente detrás de la cortina. Si aguzo el oído, todavía puedo escuchar el eco de sus voces fantasmales. Pero cuando extiendo la mano hacia el Velo, me topo con algo muy sólido, más parecido a una pared que a una cortina.

No es algo bueno. Intento tragarme el pánico creciente justo cuando un hombre esquelético pasa renqueando a mi lado.

Una anciana solloza.

Una familia se abraza buscando calor.

Jacob se acerca más a mí, el aire que nos rodea está cargado de miedo, pérdida y enfermedad. Una onda se extiende a través de los fantasmas, sus cabezas giran al notar mi presencia. Una intrusa en sus muertes, en sus recuerdos, en sus mundos.

El hombre esquelético se detiene.

La anciana entrecierra sus ojos blanquecinos.

La familia me mira con furia.

—Cassidy —susurra Jacob. Extiendo la mano hacia el Velo, esperando aferrar la parte de la cortina y cruzar al otro lado, pero se mantiene firme ante mi contacto. Continúo intentándolo. Esto no ha ocurrido nunca antes.

Ahora los fantasmas se mueven.

Hacia nosotros.

—Jacob —murmuro lentamente, intentando que el pánico no inunde mi voz—. ¿Una ayudita?

—Mantén la calma —me dice—. Yo lograré que salgamos de aquí. —Apoya su mano en mi brazo y puedo sentir los huesos de sus dedos mientras me sujeta con más fuerza.

Aun así, nada sucede.

—¿Jacob?

Resopla como si estuviera intentando levantar algo pesado.

Me doy cuenta de que está intentando hacer que pasemos a través del Velo, pero no lo está logrando porque todavía continuamos aquí y los fantasmas continúan acercándose hacia nosotros, trayendo con ellos una oleada de

Amenaza.

Malicia.

Ira.

Terror.

Enfermedad.

Tristeza.

Siento que tengo agua helada en los pulmones, que un dolor frío me invade los huesos. No puedo separarlos. No puedo separar mis recuerdos de los de ellos, lo que sentí una vez con lo que ellos sienten ahora, una y otra vez.

—¡Jacob! —exclamo con un grito ahogado, sin aliento.

—¡Estoy intentándolo!

Retrocedo lentamente hasta que estoy contra la pared. Mis manos buscan a tientas la cámara y se aferran a ella como si fuera un talismán, un recordatorio de lo que es real. Mis dedos rozan uno de los botones…

Y el flash se dispara.

Un haz de luz brota de mis manos, un súbito destello blanco y cegador en los túneles oscurecidos.

Los fantasmas retroceden, algunos cubriéndose los ojos; otros parpadeando como si estuvieran ciegos. No durará mucho. Pero, en esos segundos ganados, Jacob coge mi mano y me empuja a través de un hueco en la hilera de fantasmas, y echamos a correr.

Capítulo trece

Salimos huyendo a través del laberinto de callejones subterráneos. Puedo sentir a los fantasmas detrás de nosotros, oírlos venir, pero no me doy la vuelta. Mis pies se trasladan por encima de las piedras ásperas, a través de arcadas, habitaciones y pasadizos.

Por fin, diviso una serie de escalones.

Subir. Eso es lo único en lo que puedo pensar. En subir. Cada peldaño nos aleja de Mary King's Close, de su horda fantasmagórica y de esa horrible oleada de sentimientos.

Cuando ya estamos a mitad de camino del exterior, el Velo se estrecha lo suficiente como para que pueda estirarme y sujetar la cortina (que finalmente ha vuelto a ser una tela) y correrla hacia un lado con esfuerzo. Trastabillando, atravesamos el Velo y regresamos al mundo de luz pálida y aire fresco.

Lanzo un grito ahogado ante el frío que llena mis pulmones, es como la sensación de ascender desde aguas profundas y salir a la superficie. El peso de la mano de Jacob ha desaparecido, pero él continúa a mi lado. Los rayos del sol se filtran a través de él cuando se reclina contra la pared del callejón.

Echo una mirada a mi alrededor y me siento perdida.

No, no *perdida*, es difícil sentirse perdida cuando puedes oír el ruido de la Royal Mile a lo lejos. Además, el suelo desciende debajo de mí, así que *arriba* conduce a un lugar y *abajo* a otro. No estoy perdida... pero tampoco sé dónde estoy.

Estaba tan concentrada en salir de Mary King's Close, en salir del Velo, que no le presté atención a la ruta. Debo haber utilizado otra escalera, porque Jacob y yo nos encontramos en una calle angosta que me resulta totalmente desconocida. Son tres cuartos de piedra gris y un cuarto de cielo gris. No hay bullicio ni ruido.

Me dejo caer contra la pared y me deslizo hacia abajo hasta quedar sentada en el suelo, lo que probablemente sea antihigiénico, pero no me importa. Todavía siento que mi piel está cubierta de telarañas y, cada vez que parpadeo, veo fantasmas. La forma en que me miraban, con deseo, ira y miedo.

He estado en muchos sitios embrujados, pero nunca estuve en un lugar donde el Velo fuera más fuerte que yo. Más fuerte que *Jacob*. Él está situado sobre mí, los brazos cruzados, y, por una vez, desearía poder leerle la mente porque no puedo leer su expresión.

—Deberíamos haber ido a dar un paseo por la ciudad —comento finalmente.

—Ahora extrañas a los siniestros estudiantes deambulando por auditorios arrasados por el fuego, ¿no? —murmura con un suspiro mientras se agacha a mi lado.

Intento sonreír. Permanecemos sentados en silencio durante un momento, lo único que se escucha es el ruido de las gaviotas sobre nuestras cabezas y el sonido lejano de gaitas.

—¿Te encuentras bien? —pregunta Jacob, y se lo agradezco. Sabe que no estoy bien, pero de todas formas me pregunta, y yo sé que, si miento, él lo pasará por alto. Fingiremos que somos normales, que él no es un fantasma que puede leer la mente, que yo no soy... lo que soy. Que no me siento atraída hacia lugares llenos de muerte como una roca rodando montaña abajo. Constante como la gravedad.

¿Qué me pasa?

—¿Por dónde empiezo? —se burla.

Lo golpeo con el hombro y siento un pinchazo de frío cuando mi brazo atraviesa su manga.

—Eso me hace cosquillas —señala poniéndose de pie. Estira la mano y deseo poder cogerla. Pero, en su lugar, me aparto de la pared y, cuando estoy levantándome, Jacob mira hacia su derecha y dice—: No puede ser.

Sigo su mirada y veo a una chica cruzando la calle.

La reconozco de inmediato. La tez morena, el pelo negro peinado hacia atrás en una trenza perfecta. La joven de Lane's End.

Lara Jayne Chowdhury.

Mientras camina, sostiene la cadena con una mano, el espejo del colgante girando entre los dedos, reflejando la luz.

—¿Qué está haciendo? —se pregunta Jacob cuando Lara dobla y desaparece detrás de una esquina.

—Ni idea —respondo enderezándome—. Pero quiero averiguarlo.

Nos dirigimos hacia la esquina y doblamos justo cuando ella se detiene, mira hacia ambos lados y luego *desaparece*.

De la calle, como si se hubiera evaporado.

Lo que es imposible.

—A menos que... —comienza a decir Jacob.

Termino la frase por él. *A menos que sea como yo.*

Recuerdo la sensación de reconocimiento. La forma en que me miró y pareció escuchar a Jacob cuando se rio.

¿Crees en fantasmas?, me había preguntado.

Cruzo hacia el sitio donde ha desaparecido y puedo sentir el ondear de la cortina al colocarse otra vez en su lugar.

Lara no se ha evaporado.

Ha atravesado el *Velo*.

Y ya estoy estirándome hacia él cuando Jacob se coloca delante de mí.

—No —exclama—. ¿Ya te has olvidado de lo que acaba de suceder? ¿Ya te has olvidado de la parte en la que nos hemos quedado *atrapados*?

—Claro que no —respondo, el recuerdo de los fantasmas todavía es fresco. Pero nunca he conocido a nadie como yo. Tengo que ver. Tengo que saber. Sujeto la cortina y la corro hacia un lado.

»Tú puedes quedarte aquí —le digo a Jacob y, por un segundo, creo que realmente se quedará, como si no pudiera escuchar mis pensamientos latiendo junto con mi pulso.

Tú puedes quedarte, pero no quiero que lo hagas.

—Regla número nueve —se queja con un resoplido y me sigue.

Aquí el Velo es más delgado; la transición, fácil. El frío de mis pulmones es apenas un soplo, un estremecimiento, que luego desaparece.

Cuando cruzamos al otro lado, mis pies aterrizan en antiguas calles de piedra. La luz brilla desde mi pecho. Junto a mí, Jacob parece sólido… y sólidamente enojado.

—¿Y? —masculla señalando el callejón.

Está vacío. Ni Lara ni fantasmas, solo una neblina fina.

Pero eso no es posible: yo la he visto desaparecer, he visto…

Una voz con un acento inglés familiar atraviesa el silencio.

«Observa y escucha…».

Las palabras se trasladan por el aire y, cuando las sigo hasta la esquina más cercana, veo a Lara parada al pie de una corta escalera. Está de espaldas a nosotros y su figura es difusa, igual que la mía, la misma luz brillante dentro del pecho.

Y ahí, extendido contra los escalones, como intentando escapar, hay un fantasma. Un hombre de la edad de mi padre. Tiene una barba corta y un abrigo largo, que lo envuelve como una sombra.

El collar de Lara cuelga de su mano estirada, el espejo pende delante del fantasma como el péndulo de un hipnotizador. Solo que no oscila de un lado a otro, no se mueve en absoluto. Permanece completamente inmóvil, al igual que el hombre.

A mi lado, Jacob se ha quedado rígido; yo contengo el aliento.

«Mira y aprende…», continúa Lara.

Las palabras suenan casi como un hechizo. Tal vez *realmente* sea un hechizo, porque el fantasma permanece en los escalones como si lo hubieran inmovilizado. Lara tiene la cabeza muy alta, los dedos extendidos mientras recita la tercera y última frase.

«Esto es lo que eres».

El aire ondea con la fuerza de las palabras y todo el Velo se estremece. Mientras observo, el fantasma se va afinando como si fuera de vidrio y niebla y no de carne y hueso. Puedo ver a través de él, puedo ver la espiral que tiene en el pecho. Una espiral de cuerda, un lazo.

Como el mío, pero sin luz.

Lara mete la mano y extrae el lazo. El extremo se engancha en el pecho del fantasma, pero ella da un rápido tirón. Durante un instante, el hilo oscuro queda colgando flojo entre sus dedos antes de desintegrarse y convertirse en ceniza.

Unos segundos después, el hombre también se desintegra… se deshace. En un instante, pasa de ser un fantasma a desaparecer. Una brisa se extiende por el callejón, repentina y artificial, y se lleva el polvo.

Jacob emite un grito ahogado y Lara levanta la cabeza súbitamente.

Empujo a Jacob detrás de la esquina y fuera de vista mientras ella se da la vuelta quitándose las últimas motas de polvo de las manos.

La observo conmocionada.

Me echa una mirada atenta y prolongada, sus ojos oscuros no parpadean.

—¿Qué? —exclama finalmente—. Parece como si acabaras de ver a una cazadora de fantasmas por primera vez.

PARTE TRES

CAZADORES
DE FANTASMAS

Capítulo catorce

—¿De qué estás...? —Me detengo sin saber bien qué decir. ¿Una cazadora de fantasmas? Con el rabillo del ojo, veo que Jacob se estremece y siento una alegría repentina al saber que ella no puede verlo.

—Debería haberme dado cuenta —prosigue con la mayor naturalidad.

—¿De qué?

—De que eras como yo. —Se coloca el collar por encima de la cabeza y oculta el colgante debajo de la camisa. Noto que la luz de *su* pecho tiene una tonalidad más cálida y rosada, mientras que la mía es más azulada, más fría—. Supongo que lo sospeché cuando estábamos en Lane's End, pero tú parecías no tener la menor idea. Casi como ahora...

—Ey —me enfurezco—. Yo también noté que había algo raro en ti.

—¿En serio? —comenta arqueando una ceja negra y perfecta.

—Pero no entendía qué era —explico—. No sabía que hubiera otras personas... que pudieran...

—Oh —exclama acomodándose la trenza—. ¿Creías que eras la única que había engañado a la muerte? ¿La única capaz de moverse a través del Intermedio? Qué original.

—¿*Intermedio*?

Con un gesto, señala lo que nos rodea.

—Ah —digo—, el Velo.

—¿Así es como llamas a este lugar? —pregunta arqueando una ceja.

—Es mejor que *Intermedio* —disparo. Lara comienza a protestar cuando nos interrumpen voces, pisadas, la cercanía de nuevos fantasmas. En plural. Lara y yo nos ponemos rígidas.

—No deberíamos permanecer aquí —señala, y se da la vuelta y atraviesa el Velo sin decir una palabra más. Estoy a punto de seguirla cuando Jacob me sujeta por la muñeca.

—Esto no me gusta —susurra—. Ella no me gusta. ¿Has visto lo que le *ha hecho* a ese sujeto? Porque yo sí lo he visto, Cass. Lo ha transformado en *ceniza*.

Lo sé. Lo he visto. Pero las preguntas dan vueltas por mi cabeza.

Tal vez Lara tenga respuestas. Me libero de la mano de Jacob y cruzo el Velo. Siento una descarga de frío y estoy de regreso en el lado sólido del mundo.

Jacob no cruza conmigo.

Lara se aprieta el puente de la nariz.

—Edimburgo me produce dolor de cabeza.

—¿Qué le…? —comienzo a decir.

—Yo pensaba que en Londres el Intermedio era malo, pero esta ciudad tiene algo especial, ¿no lo sientes? Como una manta de plomo…

—¿Qué le *has hecho*? —pregunto.

—¿A quién? —Sus ojos se alzan abruptamente.

—Al hombre de los escalones.

—No era un *hombre* —señala con tono afectado y frunciendo la nariz—. Era un *fantasma*. Lo liberé.

—¿A dónde?

—¿A lo desconocido? ¿Al lado silencioso? ¿A un sitio donde reinan la paz y tranquilidad? Llámalo como quieras. Lo envié al *más allá*, donde *se supone que debe estar* —comenta alzando los hombros.

¿Se supone que debe estar?

—¿Por qué?

—¿Perdón? —Las cejas de Lara se arquean.

—¿Por qué lo hiciste?

—Porque es mi *trabajo* —responde enfurecida.

—¿Alguien te ha contratado para cazar fantasmas?

—Por supuesto que no —contesta—. Pero esto es lo que nosotros *hacemos*.

¿Nosotros? ¿Cazamos fantasmas? No entiendo. Y debo haberlo dicho en voz alta porque Lara suspira y agrega:

—Obviamente. Los fantasmas no se quedan en el Intermedio porque quieren estar ahí, Cassidy. Se quedan porque no pueden irse. Están atrapados. Somos nosotros quienes tenemos que liberarlos.

Nosotros.

—¿Qué has estado *haciendo* en tu *Velo* si no ha sido cazar fantasmas? —pregunta con el ceño fruncido. Sus ojos se dirigen a la cámara que cuelga de mi cuello—. ¡Dios mío, dime que no has estado *haciendo turismo*!

—Mmm. —Mi boca se abre y se cierra. No sé qué decir.

El teléfono de Lara tintinea con un mensaje de texto.

—Uy, tengo que irme.

—Espera —consigo proferir—, no puedes irte *así como así*.

—Ya llego tarde —dice mientras echa a andar por el callejón—. Se supone que debo encontrarme con la tía Alice en el museo. Mis padres insisten en que haga excursiones semanales de *enriquecimiento cultural* o algo parecido… Ah —agrega como si fuera una ocurrencia repentina—. Sabes que te sigue un fantasma, ¿verdad? Un chico —continúa diciendo mientras levanta la mano—, como de esta altura, pelo rubio desordenado, camiseta con un tiro al blanco…

Me quedo rígida. Es la primera vez que alguien puede ver a Jacob.

—Sí —respondo con cuidado—. Lo sé.

—¿Y no has hecho nada al respecto? —pregunta con el ceño fruncido.

Y siento que tengo una piedra en el estómago, porque sé a qué se refiere. Está en el título del trabajo: *cazadora de fantasmas.*

—Él es mi *amigo.*

Frunce los labios como si estuviera oliendo algo rancio.

—Mala idea —comenta. Parece que va a por decir algo más pero su teléfono suena otra vez, sacude la cabeza y camina con energía hacia la boca del callejón.

—Espera —exclamo—. Por favor, nunca he conocido a nadie que fuera… que pueda… lo que has dicho…

Una decena de preguntas giran por mi mente y debe ser capaz de verlas porque dice:

—Estoy en el 1A.

—¿Eh?

—Mi piso, en Lane's End. Date una vuelta mañana por la mañana. A las diez. —Y sale a la calle—. Sé puntual.

Me desplomo contra la pared mientras mi mente se mueve frenéticamente.

Esto es lo que nosotros hacemos.

Mi trabajo… cazar fantasmas… liberarlos… ¿Por ese motivo puedo cruzar el Velo?

Y una pregunta todavía más inquietante: ¿Jacob lo *sabe*?

¿Siempre lo ha sabido?

Y en ese preciso momento, Jacob reaparece. Se eleva atravesando el empedrado, los brazos cruzados y los ojos oscuros. Me doy cuenta de que no está contento.

Intento apartar todas las preguntas de mi mente para que no pueda oírlas, pero es como si no me estuviera escuchando.

—¿Habéis tenido una conversación agradable? —pregunta fríamente.

—No seas así —respondo—. Solo sentía curiosidad. Yo no sabía que había otras personas que podían atravesar el Velo. ¿Tú *sí*?

—No —contesta raspando el suelo con el zapato.

Se ve claramente que no quiere seguir hablando, pero no puedo impedir que broten las demás preguntas.

—Jacob, ¿sabías lo que realmente soy? ¿Lo que puedo hacer?

Hace una mueca de vergüenza pero no dice nada.

—Dijiste que había reglas en el Velo.

—Las *hay*.

—Reglas que no podías revelarme. ¿Era *verdad*? ¿O simplemente no querías hacerlo?

Jacob se sonroja y desvía la mirada, lo que es exactamente una respuesta.

—No confiaste en mí —señalo, sorprendida por el dolor que me produce al ponerlo en palabras.

—No es así, Cass —dice meneando la cabeza.

—Regla de la amistad número seis, Jacob. Debes confiar en tus amigos.

Parece avergonzado.

—Lo siento. Es que tenía… —Sacude la cabeza de un lado a otro— miedo…

—¿De qué? —pregunto, pero antes de que pueda responder, suena en mi bolsillo mi teléfono solo-para-emergencias.

Diablos.

—¿*Cassidy?* —dice mi padre con tono muy preocupado cuando respondo—. ¿Dónde estás?

—Lo siento —respondo rápidamente—. Necesitaba tomar un poco de aire y después me he perdido.

Sigo las indicaciones de mi padre, con Jacob pegado a los talones, hasta que regresamos a la entrada de Mary King's Close. Mi padre aparece un segundo después, el pelo revuelto y los cristales de las gafas llenos de polvo.

—Aquí estás —exclama—. Te hemos estado buscando *por todas partes*. Te he llamado cuatro veces antes de que me respondieras.

Aparentemente, en el Velo los teléfonos móviles no tienen buena señal.

Mi padre se da la vuelta y grita por el túnel.

—¡Ya la he encontrado!

La he encontrado, la he encontrado, la he encontrado resuena por el pasadizo.

—Lo siento —digo bajando la cabeza—. Supongo que me asusté un poco.

Mi padre me envuelve en un abrazo.

—¿Puedo contarte un secreto? —Asiento y continúa—. Este lugar también me produce escalofríos. —Me da un apretón en el hombro—. Pero no se lo cuentes a tu madre —agrega—. Tengo una reputación que mantener.

Mi madre aparece unos minutos más tarde, escoltada por Findley y los cámaras.

—¡Eso ha sido genial! —exclama, las mejillas encendidas. Nadie como mi madre para disfrutar de algo tan terrorífico. Apuesto a que le agradaría todavía más si pudiera ver el otro lado. Mi padre le lanza una mirada penetrante y mi madre se calma, la sonrisa reemplazada por el ceño fruncido con estilo maternal—. Excepto la parte en la que has desaparecido, señorita. Eso sí que no ha sido *nada* genial.

Balbuceo una tímida disculpa.

—¿Ya hemos logrado que creas en los fantasmas? —exclama Findley guiñándome el ojo.

—Oh —murmura mi madre—. Cassidy siempre ha creído en los fantasmas.

—¿Es cierto? —pregunta con tono de respeto, arqueando sus cejas cobrizas.

—Su mejor amigo es un espíritu.

Y, así sin más, me transforma de interesante en loca.

—*Mamá.* —Le echo una mirada fulminante.

—Acepta a la extraña que hay en ti, hija querida. ¿Qué gracia tiene ser normal? —exclama rodeándome con sus brazos.

Esto dicho por alguien que no ve fantasmas.

Capítulo quince

Terminamos el día en un lugar llamado Grassmarket.

Por supuesto, no hay césped ni rastros de ningún mercado. Solo un amplio parque seco rodeado de tiendas y pubs. El castillo se cierne detrás de los edificios como un inquietante centinela, pero el parque en sí es agradable, espacioso y abierto.

Esto no está tan mal, pienso, justo antes de que mi madre me cuente que solía ser un sitio donde se realizaban ejecuciones. ¿Por qué habría de sorprenderme?

Como era de esperar, mientras seguimos al equipo a través del parque, el Velo se vuelve más denso alrededor de mis brazos y piernas, hasta que siento que estoy caminando por el agua. La única razón por la que no paso al otro lado es porque mi mente continúa fijada en Lara Chowdhury: el collar con el espejo, el extraño hechizo y la forma en la que el fantasma se deshizo a sus pies.

Esto es lo que nosotros hacemos.

A mi lado, Jacob juguetea de forma nerviosa. No hemos vuelto a hablar sobre lo que sucedió en el callejón, sobre lo que quiso decir cuando mencionó que temía contármelo, pero ahora no es el momento. De modo que nos esforzamos por aparentar que todo está bien.

Mi padre señala un bloque redondo de piedra de poca altura.

—¿Ves eso, Cassidy? Cientos de personas fueron ejecutadas allí. —Al deslizar la mano por la piedra El Velo se vuelve cada vez más denso.

—Ja-ja, nooooo —exclama Jacob ahuyentándome de allí.

Para cuando llegamos a la última parada de nuestra lista de grabación, un pub llamado White Hart Inn, supuestamente famoso por sus apariciones, ya estoy preparada para lo peor. Así que me siento aliviada cuando el *tap-tap-tap* del Velo se diluye en un cosquilleo lejano.

Misericordiosamente, este pub no está embrujado.

Al menos, no más embrujado que el resto de la ciudad. Lo cual es bueno, porque ya he tenido mi cuota de todo lo relacionado con los *Inspectros* por un día. Mis padres y el equipo se dirigen a grabar a la parte trasera del bar, mientras Findley y yo (y Jacob) nos sentamos en un reservado, en un rincón, y pedimos algo de comer.

Findley se levanta para ir a la barra, pero mientras no está, Jacob y yo no hablamos. No puedo dejar de pensar en lo que dijo… y en lo que no dijo. Jacob posa los ojos intencionadamente sobre la mesa, intentando levantar un posavasos de la madera.

Por fin, Findley regresa y apoya sobre la mesa dos grandes vasos de cerveza.

—Mnn —exclamo—. No soy lo suficientemente mayor como para beber.

Se ríe con una especie de rugido grave y profundo.

—No es para ti —señala y acerca un vaso hacia él—. Esto es para mí… —explica empujando el otro hacia el asiento vacío que está a su lado—, y este es para Reggie.

—¿Reggie? —pregunto echando una mirada alrededor del bar.

—Reggie Weathershire —responde—. Mi viejo amigo. Este era su lugar preferido.

Abro mucho los ojos. El difunto marido de la señora Weathershire, el que lleva ocho años muerto.

—¿Crees que su espíritu ronda por aquí? —pregunto.

—No podría decirlo —repone con un encogiendose de hombros de forma amistosa—. Pero si está, no quiero que tenga sed. Siempre pago la primera ronda.

No hay señales del señor Weathershire, al menos no en esta parte del Velo. Pero mi padre me contó una vez que los vivos se aferran a los muertos, que los «fantasmas» son simplemente una forma de mantener con nosotros a nuestro seres queridos. Claro que sé que la cuestión no es tan simple, pero a Findley parece hacerlo feliz la idea de que el señor Weathershire esté aquí, en el pub.

Una gran cesta de patatas fritas (perdón, chips) llega a la mesa. Las mojo en vinagre y me llevo una a la boca.

—Pronto te convertirás en una lugareña más —comenta Findley riendo entre dientes.

Extiendo la mano para coger otra patata.

—¿*Realmente* crees en los fantasmas?

—*Aye* —responde sin pensarlo ni un segundo—. De alguna manera. Yo creo que, cuando una persona muere, algo queda, una especie de recuerdo. He vivido demasiado tiempo en esta ciudad como para no creerlo. Pero no pienso que quieran hacernos daño.

Es probable que Lara no esté de acuerdo con eso.

—Y aun si quisieran… —agrega—, he escuchado que tienes tu propio fantasma, que es tu ángel de la guarda. —Me pongo tensa, pero su tono no es de burla. Hay una traviesa luz en sus ojos, pero no se está mofando de mí—. Con semejante amigo, no tienes nada que temer.

Jacob levanta la vista y esboza una tensa sonrisa.

—Tú sabes que estoy para protegerte, Cass.

—Bien —dice Findley—, háblame de tu fantasma. ¿Cómo se llama?

Me meto otra patata en la boca.

—Jacob. Él me salvó la vida.

—Vaya —comenta Findley arqueando las cejas—. Pues sí que eres afortunada.

Le echo una mirada a Jacob. *Lo soy.*

Jacob se sonroja y baja la mirada hacia la mesa. Poco después, aparecen mis padres con el equipo de grabación, y el resto de la comida es una charla técnica sobre el programa. Yo hago montañas de chips; Jacob intenta derribarlas.

Cuando llega la hora de marcharnos, nos levantamos con equipo y todo, y nos dirigimos a la puerta. Echo una última mirada hacia la mesa y veo que el vaso del señor Weathershire está vacío.

Si hay algo que este día me ha enseñado es que todavía tengo mucho que aprender.

Tal vez el mundo es aún más extraño de lo que creo.

Los miembros del equipo de grabación se despiden de nosotros y nos encaminamos hacia Lane's End. Mi padre y Findley están enfrascados en una conversación, Jacob silba la canción de algún dibujo animado que no puedo reconocer y mi madre inclina la cabeza hacia atrás para disfrutar del aire veraniego. La luna está muy alta.

La noche es clara, fresca y perfecta, así que hago fotografías de las calles sinuosas y de las farolas de la calle de color ámbar. A pesar de que no estoy en el Velo, está ciudad tiene algo verdaderamente mágico.

Nos encontramos al final de la Royal Mile cuando escucho la canción.

Reverbera delante de nosotros y, al principio, creo que proviene de un gaitero o de un artista callejero. Pero la calle está vacía y oscura, y el sonido es muy limpio y claro.

Es la voz de una mujer.

Su voz se engancha en mi cabeza como un anzuelo y mis pasos se vuelven más lentos. Yo conozco esa canción. O, más bien, conozco la voz de la persona que la canta. Porque, en realidad, no es una persona. Puedo imaginar la capa roja, los rizos negros, la mano extendida. Me detengo y giro en redondo buscando la canción. Está tan cerca. Quiero encontrarla.

Necesito encontrarla.

—¿Escucháis eso? —susurro. Pero nadie más parece percibir el canto, ni siquiera Jacob, que me mira como si estuviera loca. Estiro la cabeza y agudizo el oído, pero antes de que pueda encontrar el origen de la melodía, el sonido se desvanece en el aire.

Lo único que escucho es el viento.

Mi padres se quedan despiertos hasta tarde revisando el material grabado y preparándose para el rodaje de mañana. Yo, entretanto, me dirijo directamente a la cama; lo único que quiero es dormir (y, preferentemente, soñar con algo que no sean callejones embrujados ni criptas enterradas).

Pero el sueño no llega.

No se adhiere.

Termino dando vueltas en la cama. Cuando cierro los ojos, veo los túneles rotos de Mary King's Close y una decena de rostros demacrados volviéndose hacia mí. La escena se disuelve y estoy en la calle, Lara Chowdhury con el colgante entre los dedos.

Observa y escucha...

Mira y aprende...

Esto es lo que eres...

Son alrededor de las cuatro de la mañana cuando aparto las mantas, salgo de la cama y casi me tropiezo con Grim. Me dirijo a la sala de estar. La puerta del dormitorio de mis padres está entreabierta, pero las luces están apagadas y puedo escuchar los suaves ronquidos de mi padre.

—¿Jacob? —susurro, esperando que se encuentre cerca, pero no responde.

Me encamino hacia el antiguo escritorio que está debajo de la ventana. Mi cámara está apoyada sobre la correa violeta en un charco de luz de luna. La agarro y miro el contador que está en la parte superior... todavía quedan diez fotos en el carrete. Giro la máquina con la intención de limpiar el objetivo con el puño de la camisa del pijama cuando detecto algo.

No suelo estar a este lado de la cámara, así que nunca noto la forma en que todo se refleja en el objetivo, como en un trozo de cristal. O de *espejo*.

¿Es esta la razón por la que Jacob nunca mira a la cámara cuando tomo una fotografía?

¿Cuántos secretos guarda?

¿Cuántos misterios me quedan aún por desentrañar?

Capítulo dieciséis

—¿Estás segura de que no quieres venir? —me pregunta mi madre a la mañana siguiente—. Vamos a explorar las bóvedas que se encuentran debajo de South Bridge. Se supone que ese sitio debería estar absolutamente *rebosante* de actividad paranormal.

¿Es así como los padres normales les hablan a sus hijos?

—¿Desde cuándo algo de lo que rodea a tu familia es normal? —comenta Jacob.

—Estoy segura —le respondo a mi madre, atrayendo a Grim hacia mí—. Creo que me saltaré esta excursión.

—¿Va todo bien? —pregunta mi padre, garabateando en su cuaderno algunas ideas de último momento.

—Sí —digo. Lo que *no* digo es que abajo hay una chica que me está esperando para que hablar conmigo de cazar fantasmas. Ni siquiera me permito pensarlo, no con Jacob ahí y el secreto colgando entre nosotros como una mentira. En su lugar, utilizo el método probado y confiable del miedo—. Es que…
—Me muerdo el labio para darle dramatismo—. Todavía estoy asustada por lo de Mary King's Close… —Fue *realmente* aterrador. Y además toda esa parte en la que el Velo *no me dejaba ir*—. No sé si estoy preparada para pasar por eso otra vez.

—Ay, cariño —exclama mi madre, apartándome el pelo de la cara—. Anoche te escuché dar vueltas en la cama. ¿Era ese el motivo? —Asiento y me da una palmada en la cabeza—. Siempre has sido muy sensible a estas cuestiones.

—Ahogarse no ayudó —señala Jacob alegremente y le lanzo una mirada de advertencia.

—La energía de allí abajo —murmuro con un estremecimiento—, era muy *oscura*.

Jacob resopla. Está claro que piensa que estoy exagerando, pero mi madre asiente comprensivamente.

—No cabe duda de que allí abajo había algo malévolo —afirma.

—Tal vez —agrega mi padre—, no era el mejor lugar para llevar a una niña.

Casi me enfurezco ante ese comentario. Odio cuando dicen que soy una *niña*. Y, por su tono, me doy cuenta de que los dos ya han hablado sobre este tema. Y que mi padre pensaba que yo no debería haber venido a Edimburgo. ¿Acaso existió una versión de esta historia en la que yo no estaba incluida?

—¡No! —espeto—. Quedaros tranquilos. Solo necesito un día. Ni siquiera un día: ¡una mañana! Unas horas normales sin espíritus, ni espectros, ni *poltergeist*, ni fantasmas, ni… —Ahora estoy divagando. Jacob frunce el ceño y sé que está intentando descifrar qué rayos estoy pensando, pero me concentro en mis padres—. Probablemente sea la combinación de jet lag y comida grasienta. Ya recuperaré mis ganas de buscar fantasmas —concluyo en tono seguro.

—Estoy segura de que así será —dice mi madre y me da un beso en la cabeza.

Mi padre me deja un poco de dinero para emergencias, así como su agenda de grabación del día e instrucciones estrictas de que no me mueva de Lane´s End hasta que ellos regresen, porque Edimburgo podrá ser una ciudad muy bonita, pero sigue siendo desconocida.

—Que os divirtáis persiguiendo fantasmas —les grito mientras la puerta se cierra detrás de ellos.

Jacob se echa a mi lado en el sofá.

—¿Qué deberíamos hacer ahora? —se pregunta en voz alta—. Podemos ver la televisión escocesa, que parece ser bastante rara, ver dónde esconde los bizcochos la señora Weathershire o... ¿Por qué me miras así?

—No te pongas nervioso—respondo despacio.

—Esa no es la forma de comenzar una frase si quieres que no pierda la calma —señala entrecerrando los ojos.

Me muevo de forma nerviosa, pero sé que no tiene sentido mentirle. Mentir ya es suficientemente difícil. Y mentirle a alguien que te puede leer la mente es prácticamente imposible.

—Es que... tengo que ver a alguien.

No tiene que preguntarme a quién. Puede ver la respuesta grabada en mis pensamientos, y yo puedo ver el horror grabado en su rostro.

—Es una broma, ¿verdad?

—Solo vamos a hablar.

—¡No puedo *creer* que vayas a verla!

No quiero pelearme otra vez con Jacob. No acerca de esto. No puede enojarse conmigo por querer *entender*...

—Es una *cazadora de fantasmas* —exclama señalándose a sí mismo—. Ya sabes, alguien que *caza fantasmas*.

—Ya sé lo que es. Pero durante todo el año pasado, creí que era la única persona que podía cruzar el Velo. Lamento ser curiosa, pero nunca conocí a otra persona como yo.

—¡Pero ella no es como *tú*! —dispara bruscamente—. Tú haces fotografías de fantasmas. Tú no —agita la mano—, tú no los *deshaces*.

Pero ese es el problema. ¿Y si se *supone* que debo hacerlo?

Jacob ha debido escuchar mis pensamientos porque retuerce el rostro. Nunca lo había visto tan furioso. La ira cambia a las personas, pero a los fantasmas los cambia todavía más. Los bordes de su silueta comienzan a ondularse y el color escapa de su rostro. Tiene aspecto… macabro.

—Yo estoy absolutamente de acuerdo en que te hagas amigas, Cass —señala, quiero decirle que dudo que Lara esté interesada en mi amistad, pero no me da la oportunidad de hacerlo—. Pero tal vez puedes elegir a alguien que no convierta en polvo a gente como *yo*.

Antes de poder contenerme, le respondo abruptamente:

—¡Si hubieras sido sincero conmigo desde el principio, tal vez yo no tendría que estar buscando respuestas en otra parte!

Jacob me mira durante un momento con furia y dureza, luego levanta las manos y desaparece, y yo me quedo sola en mitad del apartamento.

No es justo que él pueda escapar así sin más de una pelea.

Pero nunca me había peleado con Jacob antes de este viaje.

De solo pensarlo, siento un frío que me cala hasta los huesos.

Espero todo lo que puedo caminando de un lado a otro, guardando en el bolsillo el dinero que me ha dado mi padre, colgándome la cámara del hombro y ajustándome el calzado, atándome los cordones de los zapatos lentamente, esperando que regrese. Pero cuando el reloj marca las diez, sigue sin aparecer.

Si no me marcho ya, llegaré tarde.

Golpeo en el 1A esperando encontrarme a Lara, así que me sorprendo cuando es la señora *Weathershire* quien me abre la puerta. Lleva una bata de estar por casa, el cabello blanco recogido en un moño flojo.

—¡Pero, hola! —exclama con su tono alegre—. Tú eres la joven Blake, ¿verdad? ¿Algún problema?

Al principio pienso que debo estar en el piso equivocado, pero después Lara aparece en el pequeño vestíbulo detrás de ella.

—Ha venido a verme, tía.

La señora Weathershire golpea las manos.

—Oh, pero qué bien. —Se inclina hacia mí y susurra—. Ya era hora de que nuestra Lara tuviera una amiga. —Luego se endereza y se aparta—. Pasa, cariño. Prepararé té.

—Está bien —dice Lara, cogiendo su chaqueta con rapidez—. Iremos a dar un paseo.

¿Eso vamos a hacer?, pienso, pero Lara ya está arrastrándome por las escaleras. Lleva unos *leggings* y un vestido de manga larga, el pelo peinado en una elaborada trenza. Yo me he puesto unos pantalones vaqueros y un jersey, y me resulta muy engorroso hacerme una pulcra cola de caballo.

Nos encontramos en el vestíbulo de entrada cuando oigo pisadas por encima de mi cabeza.

—¿El Señor Weathershire? —aventuro alzando la vista.

—No *todo* es paranormal, Cassidy —responde poniendo los ojos en blanco—. De vez en cuando, es solo un problema de tuberías.

Fuera no está lloviendo, pero parace que podría empezar en cualquier momento. Algo que, estoy aprendiendo con rápidez, es lo que los escoceses llaman «parcialmente soleado». Una brisa fresca corta el aire, una inmediata advertencia de que no estoy lo suficientemente abrigada. Pero Lara camina por la calle a paso tan ligero que no me atrevo a pedirle que regresemos.

El camino desciende y se aleja de la Royal Mile. No sé a dónde nos dirigimos y Lara no es precisamente charlatana, de modo que intento hablar de cosas sin importancia.

—¿Eres fan de Harry Potter? —le pregunto.

—¿Lo preguntas porque soy inglesa?

—No —respondo—. Te lo pregunto porque es Harry Potter y es increíble. ¡Y la autora escribió los libros aquí!

—Bueno, la historia de The Elephant House es algo muy discutido aquí en Edimburgo. —Vacila y luego agrega—: Pero yo siempre me consideré Ravenclaw.

—¡Entonces, sí eres fan!

Me echa una mirada de soslayo.

—Déjame adivinar, tú eres Gryffindor.

—¿Cómo te has dado cuenta? —pregunto con una gran sonrisa.

Me mira de arriba abajo.

—Temeraria, testaruda, con tendencia a meterse de lleno en una situación sin estar preparada. —Asoma una ligera sonrisa—. Además, llevas un jersey rojo y amarillo de Hogwarts.

Miro hacia abajo: tiene razón.

Al final de la calle, finalmente reduce el paso.

—Esto está mejor —comenta mientras respira profundamente—. Allí no hay ni una pizca de privacidad.

—¿La señora Weathershire es tu tía?

—Mi tía abuela, por parte de mi madre. La familia de mi padre es de Nueva Delhi. La familia de mi madre es de Escocia. De ahí que… —Deja de hablar y apunta la mano en dirección hacia Lane's End—. Y yo nací y me crié en Londres… pero si me quedo aquí un tiempo más, perderé las consonantes.

Sonrío, aunque no estoy muy segura de comprender a qué se refiere. El acento de Lara es fuerte y los acentos escoceses que he escuchado hasta ahora son más musicales, pero todos suenan raros y encantadores.

Nos detenemos en un puesto de la calle para comprar chocolate caliente… bueno, yo compro chocolate caliente, Lara elige té.

Le echa leche al vaso de plástico y la mezcla con movimientos pausados, precisos. Estoy segura de que es del tipo de chica cuya letra cursiva es perfecta. Del tipo que nunca tropieza ni se lastima las rodillas ni se despierta con el pelo que parece un nido de ratas.

—¿Cuánto tiempo te vas a quedar con tu tía? —pregunto.

—Mis padres no me dieron exactamente una fecha de regreso. —Se encoge de hombros y suspira—. Están trabajando en Tanzania, algo relacionado con la alfarería.

—¿Y no te llevaron con ellos?

—Aparentemente, un sitio arqueológico no es lugar para una chica en edad de crecimiento —explica con una sonrisa leve y amarga.

Tampoco lo es una excursión de fantasmas, pienso, repentinamente agradecida de que mis padres no hayan decidido viajar sin *mí*.

—Suelen aparecer antes de que comiencen las clases.

—Lo siento.

—¿Por qué? —pregunta bruscamente.

—Solo he querido decir…

Lara da media vuelta con tanta rapidez que casi choco contra ella.

—No acepté verte para discutir mi vida familiar. Concentrémonos en nuestro *trabajo*.

Mientras caminamos, el castillo va surgiendo imponente sobre nosotras en su colina rocosa. Lara me guía a través de una verja de hierro y entramos en una especie de parque, que rodea la base de la colina. Estamos rodeadas de árboles viejos y algunos paseadores de perros.

Lara se sienta en un banco delicadamente, a la sombra de la colina. Yo me siento con las piernas cruzadas, intentando no moverme de forma nerviosa. Gira sus ojos oscuros hacia mí, una de esas miradas largas y penetrantes que hacen que resulte difícil mantenerse quieta.

Estoy tan acostumbrada a los comentarios constantes de Jacob, como si fuera un narrador de mi vida, que, sin él, el mundo me parece silencioso. No siempre está cerca de mí, pero esta es la primera vez que parece haber desaparecido *deliberadamente*.

Como si Lara también pudiera leer mi mente, pregunta:

—¿Hoy no ha venido tu compinche?

—Se llama Jacob.

—El Intermedio no es lugar para fantasmas —señala encogiéndose de hombros despectivamente—, y, sin lugar a dudas, *este* lado tampoco lo es.

—Él me salvó la vida.

—¿Por eso le permites entrar en la tierra de los vivos? No es una decisión inteligente, Cassidy. En absoluto. —Echa una mirada a su alrededor—. ¿Y ahora dónde está?

—Refunfuñando —respondo—. Está enfadado conmigo por el simple hecho de estar aquí. Por hablar contigo después de lo que hiciste.

—¿Lo que *yo* hice? —pregunta sorprendida.

—Al hombre del callejón.

—Ah —exclama—. El *fantasma*. —Agita los dedos desdeñosamente—. Son gajes del oficio. Bueno, veamos, ¿hace cuánto que eres una intermedia?

—¿Una qué?

—Una *intermedia* —pronuncia las letras lentamente por si no escuché bien—. Ni aquí ni allá. Una sombra fronteriza. —Como continúo mirándola sin comprender, pone los ojos en blanco—. Tú sabes, lo que somos *nosotras*.

—Ah. No sabía que había palabras específicas para eso.

—Hay palabras para todo.

—Como Velo e Intermedio —señalo.

—Bueno, sí —concede Lara asintiendo de mala gana—. Intermedio es la que yo aprendí, y eso convierte a alguien como yo, y como tú, en una intermedia.

—Pero ¿quién te enseñó? —pregunto—. ¿Qué eres? ¿Qué tienes que *hacer*?

Por una vez, Lara es quien se muestra avergonzada.

—Yo... bueno... en realidad, nadie me *enseñó*. El tío Reggie tiene, tenía, una vasta biblioteca. Me llevó mucho tiempo de investigación, mucho ejercicio de prueba y error...

Está mintiendo, pienso. O, al menos, no me está diciendo toda la verdad. Pero antes de que pueda señalárselo, cambia de tema.

—No has respondido a *mi* pregunta. ¿Cuánto tiempo ha pasado desde que te *moriste*?

Me estremezco ante la palabra, la forma directa en que la usa, pero no tengo que pensarlo. Sé exactamente cuánto tiempo. No creo que pueda olvidarlo.

—Poco más de un año —respondo, porque eso no es tan extraño como decir *trescientos setenta y tres días*.

Lara me mira horrorizada.

—¡¿Un año?! —exclama bruscamente—. ¿Y no has recolectado ni un solo fantasma?

—No sabía que debía hacerlo —espeto. No tenía un manual de uso o una biblioteca de libros (aunque, en verdad, podría haber encontrado algo en el estudio de mis padres, pero nunca se me ocurrió mirar)—. Para serte sincera, todavía no estoy segura de que deba hacerlo.

Lara se aprieta el puente de la nariz.

—Mira —dice—, tú te sientes atraída por el Velo, ¿verdad?

Asiento.

—Aunque te asusta...

Sí, pienso.

—Y una parte de ti quiere olvidarse de que está allí, pero no puedes...

Sí.

150

—Te sientes obligada a descorrer la cortina, cruzar el límite y llegar al otro lado…

—Sí —confieso, con un tenue suspiro.

Lara se endereza mientras asiente triunfante.

—Lo que tú sientes, Cassidy Blake, se llama *meta u objetivo*.

Si Jacob estuviera aquí, seguramente haría alguna broma sobre héroes, cruzadas y monstruos que esperan ser derrotados. Pero Jacob no está aquí y los únicos monstruos de los que Lara está hablando son fantasmas. Como él.

—Nos sentimos atraídas por el Velo porque él nos necesita —continúa Lara—. Porque tú y yo podemos hacer cosas que otras personas no pueden. Podemos liberar a los espíritus que están atrapados allí. Podemos liberarlos.

—¿*Tenemos* que hacerlo? —pregunto suavemente.

—Esa llamada que sientes —responde Lara frunciendo los labios—, no se va nunca. Se vuelve cada vez más fuerte hasta que comienzas a cumplir con tu parte del trato.

—¡Pero yo nunca hice un trato! —grito exasperada. Yo no elegí cruzar el puente aquel día. No elegí caerme al río. No elegí ahogarme… Lo único que quería era salir a la superficie. Lo único que quería era aire, luz y una segunda oportunidad.

Una nueva sombra cruza por el rostro de Lara: de piedad.

—Sí, elegiste —comenta suavemente—. Tal vez no pronunciaste palabras especiales, pero estás sentada aquí, viva, cuando deberías estar muerta. Recibiste algo y tienes que devolverlo. Tú y yo… podemos cruzar el Velo, estamos *destinadas* a hacerlo, porque tenemos un trabajo que realizar al otro lado. Y es hora de que te pongas a trabajar.

Capítulo diecisiete

Meta, objetivo.

Es una locura, pero sé que Lara tiene razón.

Lo siento en los huesos. La respuesta a las preguntas que vengo haciéndome desde el año pasado, esas que se han vuelto cada vez más y más atronadoras desde el accidente.

¿Por qué me siento atraída por el Velo?

¿Por qué razón puedo atravesarlo?

¿Qué se supone que debo hacer al otro lado?

La mano de Lara se dirige al espejo que cuelga de su cuello.

—¿Cómo funciona? —pregunto al recordar la forma en que lo sostenía delante del fantasma mientras el conjuro brotaba de sus labios.

Se pasa la cadena por la cabeza y la coloca en el banco entre nosotras, el espejo hacia arriba.

—Los fantasmas no pueden mirarse al espejo —explica—. Quedan atrapados.

Pienso en Jacob cuando estábamos en el dormitorio en Lane's End, enganchado en su propio reflejo, la terrible versión de él en el espejo. Y recuerdo la única respuesta que pudo brindarme.

«Supongo que... me perdí...».

153

Me devano los sesos: ¿había visto alguna vez a Jacob mirándose al espejo antes de eso? En casa, no hay espejos en mi dormitorio y él nunca ha entrado al baño... nunca ha necesitado ir. Cada vez que pasa por delante del delgado espejo del vestíbulo, no se detiene. Nunca lo había pensado demasiado.

—¿Qué quieres decir con atrapados? —pregunto.

—Los espejos son sinceros —explica Lara—. Te muestran cómo eres. A los fantasmas, los espejos los obligan a enfrentarse a la verdad.

—¿Y cuál es la verdad?

Lara me mira. Sus ojos son como piedras. Pesados.

—La verdad —responde— es que están muertos. Que ya no están. —Se reclina en el banco—. En ese sentido, nosotras también somos como espejos. *Nosotras* les mostramos lo que son. *Nosotras* les decimos lo que son. Y una vez que logras que acepten la verdad, solo tienes que meter la mano y tirar del hilo. *Siempre* deberías llevar algún tipo de espejo —agrega—. Para protegerte.

—¿Protegerme? —inquiero—. ¿De qué?

—No todos los fantasmas son amistosos —comenta francamente—. Cada vez que entras en el Velo, tienes un pie en nuestro mundo y un pie en el de ellos. Y puedes considerarte una visitante, una espectadora, pero la verdad es que, si un fantasma es lo suficiente fuerte, puede herirte. Y lo hará, porque nosotras tenemos algo que ellos *quieren*.

—¿Y qué es?

—Una *vida* —responde Lara golpeándose el pecho.

Pienso en la cuerda oscura y opaca que ella extrajo del pecho del fantasma. Y en la extraña luz que llena mi propio pecho cuando estoy en el Velo. La misma luz que vi en Lara.

—Mira —exclama secamente desviando la mirada—. Ha llegado tu amigo.

Me doy la vuelta y, como era de esperar, veo a Jacob que nos observa enfurruñado desde detrás de un árbol cercano. El alivio me inunda y desearía poder abrazarlo, pero, apenas nota que lo estoy mirando, se oculta. Solo la punta de un zapato y unos mechones de pelo rubio y desgreñado asoman por detrás del tronco.

—Se me ha enfriado el té —comenta Lara posando los ojos en el vaso. Se pone de pie y coge el colgante del banco—. Regreso en un segundo.

Se dirige hacia el puesto que está al final del césped. Se coloca en la fila y revisa el teléfono mientras espera.

Por el rabillo del ojo, percibo otra vez movimiento: Jacob se desploma en el banco a mi lado. Por unos instantes, ninguno de los dos habla. Tengo la sensación de que debería disculparme y que él también debería hacerlo, así que me siento aliviada cuando abro la boca para decir que *lo siento* y él me interrumpe con un «no debería haber desaparecido».

—Regla de la amistad número dieciséis —enuncio—. No vayas adónde yo no pueda seguirte.

—Pensé que la regla número dieciséis era no revelar el final de una película.

—De ninguna manera —digo con firmeza—, esa es la regla número veinticuatro.

Suelta una risita y es genial verlo sonreír otra vez, pero el espacio entre nosotros todavía parece débil, como una magulladura.

Jacob respira hondo.

—No te lo dije —confiesa lentamente— porque tenía miedo de que si descubrías por qué los fantasmas quedaban atrapados dentro del Velo, si descubrías que podías liberarlos, me liberarías a *mí*...

—Pero tú no estás atrapado en el Velo.

—*Estuve* —dice y mira hacia abajo.

—Bueno, ya no lo estás. Estás aquí, conmigo. *¿Quieres* irte de aquí?

—No, por supuesto que no —responde levantando abruptamente la cabeza.

—Entonces, ¿por qué habría yo de liberarte? Eres mi mejor amigo. Y creo que existe una razón por la que estamos unidos.

—¿En serio? —A Jacob se le ilumina el rostro.

—Tú no eres un fantasma cualquiera —asiento rotundamente—. Creo que tienes que ayudarme. Creo que tenemos que ser un equipo.

—¿Como *Skull and Bone*? —pregunta animándose un poco.

—Sí —respondo—. Como *Skull and Bone*.

—¿Y cuál de los dos es el perro en esta situación hipotética? —pregunta esbozando una sonrisa.

Lara regresa con otro té.

—Muy bien —dice—. ¿Dónde estábamos...?

Jacob se inclina hacia adelante y comenta:

—Ella sigue sin gustarme.

Los ojos de Lara se desvían rápidamente hacia él.

—Y tú tampoco me gustas, fantasma.

Jacob casi se cae del banco.

—¿Puede oírme?

—Sí, puedo oírte —responde Lara—, y puedo verte, y no debería poder hacer ninguna de las dos cosas, porque *tú* no deberías estar aquí.

Me aclaro la garganta, deseando cambiar de tema, cuando lo siento.

El *tap-tap-tap* de un fantasma cercano.

Lara también lo siente; me doy cuenta por la forma en que se pone rígida y gira la cabeza como intentando escuchar un sonido.

—¿Qué dices? —me pregunta dándose la vuelta para marcharse—. ¿Estás lista para que veamos lo que eres capaz de hacer?

Capítulo dieciocho

Lara no busca el Velo, no intenta agarrar el aire. Simplemente levanta la mano y la agita a un lado en un movimiento único y decidido, y el Velo se abre alrededor de ella.

Alrededor de nosotras.

Doy un paso hacia adelante, siento la conocida sensación momentánea de frío, y después ya estamos en el otro lado. Seguimos en el parque, al pie del castillo… una versión más lúgubre de él. El mundo ahora es gris y fantasmal.

Pensaba que Jacob tal vez no cruzaría, pero se encuentra aquí, a mi lado. Respira temblorosamente y se cruza de brazos.

«Skull and Bone», murmura, y no sé si está hablando conmigo o consigo mismo.

Lara se sacude polvo invisible de las mangas, la luz cálida brilla dentro de su pecho.

Cerca, un hombre envuelto en ropas de invierno pronuncia un nombre. Su voz es alta y débil, como si el viento se apoderara de ella.

Comienza a nevar, pero no en todos partes, solo alrededor de él. Cuando el hombre se da la vuelta y sale del parque arrastrando los pies, el Velo parece retroceder con él como una marea, llevándose el invierno con ella.

—¿Cómo…? —comienzo a decir.

—El intermedio no es *un* solo lugar —explica Lara—. Es diferente para cada fantasma. Una especie de… cápsula del tiempo. A veces los fantasmas se superponen, sufren juntos, pero, al final, cada fantasma vive en su propio intermedio, moviéndose a través de su propio círculo cerrado.

Seguimos al hombre mientras sale del parque y echa a andar por la calle. Camina arduamente a través de montículos de nieve de poca altura hasta la puerta de una casa. Empuja la puerta con el hombro y entra. Lara apresura el paso y logramos llegar antes de que la puerta se cierre.

Lara, Jacob y yo abandonamos la calle nevada y entramos en un hogar. Jacob se coloca delante de mí, como un escudo. Pero el hombre no se vuelve hacia nosotros, permanece delante de una chimenea atizando un fuego casi extinguido con una larga barra de hierro. Es alto y tiene aspecto cadavérico, pelo gris y desgreñado, y ojos hundidos. Podría ser *aterrador*, pero no lo es. Solo está rodeado de una tristeza arrolladora, que emana de él en oleadas como el vapor.

—¿Lo habéis visto? —pregunta con voz baja y ronca.

—¿A quién? —inquiero amablemente dando un paso hacia él.

Lara ya está levantando el colgante, pero le sujeto la muñeca y meneo la cabeza.

—Espera —susurro.

—¿Por qué? —me susurra a su vez—. No es necesario escuchar su historia.

Tal vez no sea necesario, pero parece importante.

Los ojos tristes del hombre se deslizan hacia mí, hacia la cámara que cuelga de mi cuello.

—¿Qué llevas ahí, muchachita?

—Es para hacer fotografías —respondo mientras la levanto para que pueda verla.

Una sombra cruza su semblante y comienzo a pensar que no sabe lo que es una fotografía. Tal vez vivió antes de que existieran las cámaras. Pero luego saca de la camisa un pequeño trozo de papel gastado y le da la vuelta para mostrármelo.

Un chico mira desde el amarillento cuadrado de una vieja fotografía.

—Mi hijo, Mathew —explica—. Esta foto fue tomada durante la feria de invierno. Justo antes de que él desapareciera.

El estómago me da un vuelco. Un niño robado en invierno.

Los ojos del hombre se dirigen a la ventana.

—Mi mujer, ella se fue al sur a ver a su familia. Pero yo no podía dejar a mi hijo. Le dije a su madre que esperaría. Esperaré el tiempo que sea necesario. —El hombre se hunde en el sillón junto al fuego casi extinguido y cierra los ojos—. Esperaré hasta que regrese a casa.

El viento silba contra el cristal.

La respiración del hombre nubla el aire y tiemblo cuando el frío llega hasta mí.

Esperaré el tiempo que sea necesario.

Recuerdo lo que Lara dijo sobre los fantasmas. Que permanecen en el Velo solamente porque están atrapados. Me duele el pecho al ver a este hombre atrapado aquí, en este mundo, en esta casa, en esta espera interminable, porque sé que nunca dejará de mirar por esa ventana. Y sé que su hijo nunca regresará.

—Cassidy —dice Lara, que aparece a mi lado, y me doy cuenta de que ha llegado la hora—. ¿Tienes un espejo? —pregunta, ofreciéndome el suyo.

Señalo la cámara que sostengo entre las manos.

—Tengo esto —respondo quitando la tapa y mostrándole el objetivo, la forma en que brilla cuando lo inclino, reflejando parte de la habitación—. ¿Servirá?

—Ya lo averiguaremos —contesta con expresión escéptica.

Echo una mirada a Jacob, que permanece junto a la puerta, el rostro indescifrable.

Tú no eres como él, pienso. *Tu lugar no está aquí. Tu lugar está junto a mí.*

Jacob se muerde el labio pero asiente y vuelvo mi atención al hombre que está en el sillón. La escarcha se entrelaza en su barba y su piel se va volviendo blanca por el frío.

—Si ves a mi hijo… —murmura y su aliento forma una nube.

—Lo enviaré a su casa —prometo, levantando la cámara—. ¿Puedo hacerle una fotografía para enseñársela a él?

Abre los ojos con esfuerzo, ve su imagen reflejada en el objetivo… y se paraliza. Es como si alguien lo hubiera cambiado por una estatua. Se queda inmóvil, todo el dolor y toda la tristeza desaparecen de su rostro.

Escucho cómo Jacob contiene bruscamente el aliento, pero no desvío la mirada.

—¿Recuerdas las palabras? —pregunta Lara.

Creo que sí.

«Observa y escucha», —recito.

La escarcha se desliza por los cristales de las ventanas.

«Mira y aprende».

Los carámbanos de hielo descienden por su cara.

«Esto es lo que eres», —susurro.

El contorno del hombre se diluye, toda su silueta se ondula. Respiro profundamente, uno todo mi coraje y meto la mano en su pecho. Extraigo un hilo gris, frágil y quebradizo. Al sostener la vida (y la muerte) de este hombre en la mano, entiendo lo que Lara quiso decir cuando habló de meta, de objetivo. Entiendo qué era lo que me atraía una y otra vez hacia el Velo. Lo que estaba buscando sin saberlo. Lo que necesitaba.

Era esto.

El lazo se deshace en mi mano y el hombre también se deshace… hasta convertirse en cenizas y luego en nada.

Jacob, Lara y yo permanecemos juntos y callados en la estrecha habitación. Jacob es quien se mueve primero. Avanza, se agacha al pie del sillón y desliza los dedos por los restos de polvo.

Y entonces, la habitación comienza a afinarse a nuestro alrededor, como una foto gastada por el tiempo, en la que los detalles se han evaporado. Claro. El fantasma ya se ha marchado: es lógico que el Velo también se desvanezca.

Siento la mano de Lara sobre mi hombro.

—Debemos irnos.

Una vez que nos encontramos nuevamente sanos y salvos en el lado de los vivos, los tres nos encaminamos hacia Lane's End.

Jacob y Lara van unos pasos más adelante, Jacob bombardeándola a preguntas. Parecen estar haciéndose amigos. O, al menos, llegando a una especie de tregua.

Me mantengo rezagada. Aún siento un extraño cosquilleo en la mano donde sostuve el lazo de la vida, y de la muerte, del hombre. Fue triste liberarlo, pero también existió una especie de alivio, como cuando exhalas el aire que llevabas conteniendo durante mucho tiempo. Y lo liberas.

Y, después, el *tap-tap-tap* desapareció.

No se volvió más suave sino que se esfumó, dejando al marcharse un momento de paz y tranquilidad.

Y siento que he hecho… *lo correcto*.

Apresuro el paso para alcanzar a Jacob y a Lara.

—¿Cuál es el fantasma más aterrador al que te has enfrentado? —le está preguntando Jacob.

Lara golpetea el dedo contra los labios.

—Qué difícil. Estoy entre William Burke…

—¿El… el ladrón de cadáveres que se convirtió en asesino en serie? —tartamudea Jacob.

—Ese —exclama Lara—. Estoy entre ese y una niñita vestida con una enagua, que encontré en una de las bóvedas de la peste.

—¿Un empate entre un asesino múltiple y una chica con un vestido? —resopla Jacob.

—Los niños me producen escalofríos —responde Lara mientras se encoge de hombros.

Niños. Eso me trae un recuerdo.

—Lara —digo, acelerando todavía más el paso—. ¿Alguna vez viste a una mujer con una capa roja?

El humor se desvanece del rostro de Lara y aprieta la boca con fuerza.

—¿Te refieres a la Corneja Roja?

—Sí. ¿Alguna vez la has visto?

—Una vez —responde con firmeza—. El invierno pasado. Había venido para las vacaciones y estaba buscando fantasmas en el intermedio cuando la escuché cantar. Y antes de que me diera cuenta, me encontré caminando directamente hacia su mano extendida. —Lara agita la cabeza—. Estuvo muy cerca.

—Pero lograste escapar.

—Tuve *suerte*. La tía Alice estaba cerca, escuché que me llamaba y eso rompió el hechizo. Tuve la sensatez necesaria como para soltarme y abandonar el Intermedio. Y, desde entonces, he sido muy pero muy cuidadosa. —Los ojos de Lara se entrecierran—. ¿Por qué? ¿*Tú* la has visto, Cassidy?

Asiento y Lara extiende la mano abruptamente y me detiene.

—Tienes que mantenerte lejos de ella, ¿entiendes? —Hay una urgencia en su voz. Es rara en ella, fuera de lugar—. ¿Recuerdas lo que dije sobre nuestras vidas? —Lleva la mano hacia el pecho, al lugar donde la luz brillaba cuando estábamos en el Velo—. ¿Sobre los fantasmas que quieren adueñarse de ellas? La Corneja es uno de ellos. Se alimenta de los hilos de los chicos que roba. Pero esos hilos son pequeños y finos. Ella tiene que comer muchos para ser lo que es. Pero si se apodera de una vida como la tuya o la mía, algo brillante, sería *desastroso*.

Me estremezco ante la idea.

—Haz tu trabajo, fantasma —le dice Lara a Jacob—. Cuídala.

—Es más fácil decirlo que hacerlo —responde Jacob con un resoplido.

Subimos la colina que lleva de regreso a Lane's End.

—No tiene sentido —comenta Lara como hablando consigo misma—. No es la época del año apropiada.

—Lo sé. —Eso también ha estado molestándome. ¿Qué fue lo que dijo Findley? *Ella viene con el frío.* Pienso en el río, en mi caída en el agua congelada. En la forma en que el frío me envuelve cada vez que cruzo el Velo, en el borde azulado de la luz de mi pecho.

»Tal vez tiene algo que ver con la forma en que yo… —Es difícil decirlo en voz alta, aun ahora, aun con alguien como Lara. Decido desviar el curso de la conversación—. ¿Cómo es el Velo para ti cuando entras en él? —le pregunto.

—Como una neblina —responde pensativa—. Como un estado febril. Una vez estuve enferma, muy enferma. Durante un tiempo, mi pronóstico fue incierto —agrega con energía—. Y no lograba mantenerme despierta. Esa es la sensación que me produce. Una atmósfera de ensueño, pero no precisamente agradable.

—Para mí, es como caerme a un río congelado. Siento un frío intenso. Si la Corneja se siente atraída por el frío, entonces quizá se sienta atraída hacia mí.

—Puede ser —comenta Lara—. Bueno, esa es una razón *más* para mantenerte alejada de ella. Si llegas a verla, tápate los oídos, sal del Velo y, por el amor de Dios —añade señalando mi cámara—, búscate un espejo decente.

Cuando ya estamos muy cerca de Lane's End, reconozco al hombre que camina pausadamente hacia nosotros, su cabeza rojiza brilla con el sol. Al verlo, me detengo bruscamente.

—Diablos —murmura Jacob.

—Pero qué tenemos aquí —exclama Findley y posa sus ojos en Lara—. Señorita Chowdhury. Nunca pensé que fuera de las que rompen las reglas.

Lara se endereza.

—No he roto ninguna regla —responde, recobrando otra vez su imagen formal. El viento ha hecho que mis rizos castaños vuelen descontroladamente. ¿Cómo puede ser que su trenza negra siga estando perfectamente ordenada?

—¿Qué haces aquí? —le pregunto a Findley con voz aguda.

—Se trata de algo muy curioso —contesta—. Tus padres me enviaron para ver cómo te encontrabas. Pero *tú* no estabas.

Le echo una mirada a Lara.

—Es probable que le haya prometido a mis padres que me quedaría en el apartamento —le explico y miro otra vez a Findley—. Solo estábamos tomando un poco de aire fresco.

—¿En serio? —exclama con un brillo en los ojos. Conozco esa chispa. La he visto cientos de veces en la cara de mi madre.

—No me he metido en problemas, ¿verdad?

—Oh, no —responde amablemente—, un pequeño paseo no hace mal a nadie.

Estoy bastante segura de que eso no es cierto, especialmente tratándose de gente joven y de ciudades desconocidas llenas de fantasmas que roban chicos, pero valoro su buena intención.

—Te diré qué vamos a hacer. —Levanta un dedo regordete—. No le contaré nada a tus padres con una condición.

—¿Cuál?

—Bueno —propone—, tus padres me mandaron para ver si te sentías con el valor suficiente como para encontrarte con ellos en el castillo.

—No tuve miedo —exclamo bruscamente.

—No es vergonzoso tener miedo —argumenta—. Pero hay una diferencia entre tener miedo y *espantarse*. Ven conmigo y me harás quedar como un verdadero campeón por hacerte cambiar de opinión. Y usted también está invitada, señorita Chowdhury.

Le echo una mirada a Lara, que se encoge de hombros.

—Paso —contesta—. El castillo es, *sin ninguna duda*, un sitio fascinante —agrega con una mirada penetrante, que se pasea de mí a Jacob y regresa a mí—. Pero no olvides lo que te dije.

—O —interviene Jacob—, podríamos regresar a ese lugar agradable y calentito, donde hay comics y pasteles.

—Mira —insiste Findley al verme dudar—. No puedes venir a Edimburgo y *no* ir a ver el castillo.

—Podemos verlo desde aquí —comenta Jacob, señalando la fortaleza sobre la colina.

—¿No sientes ni siquiera una pizca de curiosidad? —continúa Findley.

Por supuesto que siento curiosidad: nunca he estado en un castillo. Además, en mi cabeza todavía sigue dando vueltas la charla de Lara sobre la meta y el objetivo, y mis manos todavía están calientes por haber liberado al hombre de la casa.

—Bueno —me alienta Findley—. ¿Qué dices?

Miro a Jacob.

Quiero ver el castillo, pero no quiero ir sin él, y no solo porque podría quedarme atrapada en el Velo. Fue extraño que él no estuviera allí esta mañana. Sentí como si alguien me hubiera arrancado mi propia sombra.

Pero Jacob no es solamente mi sombra.

Es mi cómplice.

El compinche de mi héroe (*o el héroe de mi compinche*, corrijo cuando me mira espantado). Y él también debería opinar.

Tú decides, pienso. *Si no quieres ir, no es obligatorio.*

Y tal vez él solo quería tener la posibilidad de elegir, porque pone los ojos en blanco y esboza una amplia sonrisa.

—Bueno —dice—. Ya he leído todos los cómics y no puedo comerme los pasteles.

Le sonrío y me vuelvo hacia Findley.

—De acuerdo. Vayamos al castillo.

Capítulo diecinueve

El castillo de Edimburgo está enclavado en una alta colina de roca y se cierne sobre *todo*. Al comenzar a ascender los amplios escalones de piedra, nos observa desde arriba, una sombra gris oscura dibujada contra un cielo gris claro.

Mientras subimos, Findley no deja de hablar de los múltiples fantasmas famosos del castillo. Sus ojos brillan cada vez más con cada una de las historias. Hay un gaitero que desapareció en los túneles, soldados perdidos durante un asedio a la ciudad, un tamborilero sin cabeza, prisioneros abandonados en las bóvedas y una mujer acusada de brujería y quemada en la hoguera. El Velo se va volviendo más pesado con cada relato y con cada paso ascendente. El peso de la historia, de los recuerdos. De las cosas que ya no están *aquí*, pero que tampoco *se fueron*.

Atravesamos un foso vacío, la entrada principal y accedemos a los terrenos del castillo.

La palabra *castillo* siempre me ha hecho pensar en una casa gigantesca.

Pero esto se parece más a una ciudad en miniatura.

Seguimos estando al aire libre, rodeados de altos muros de piedra y una red de construcciones de menor altura, algunas con techos en punta y otras planas, como salidas de una ficción medieval.

—*Genial* —susurra Jacob.

La cortina gris del Velo se agita al junto a mí. Si cruzara aquí, ¿con qué me encontraría? La curiosidad crece dentro de mi pecho. Pero sé que no se trata solamente de curiosidad: es la llamada del famoso objetivo del que habló Lara. El corazón me late con más fuerza y mis dedos se cierran sobre la cámara.

No me doy cuenta de que me he detenido hasta que Findley mira hacia atrás.

—¡Por aquí! —grita y nos guía a través de lo que él llama «portcullis»: una verja que parece la mitad superior de una boca, llena de filosos dientes de acero. Subimos y subimos hasta llegar hasta la parte de arriba, un patio rodeado de cañones y salpicado de turistas. Obviamente, los productores no han podido cerrar un lugar tan popular para grabar a mis padres.

—No los veo —dice Jacob, pero Findley ya ha enfilado directamente hacia el borde de las almenas. No sé qué está mirando hasta que me acerco lo suficiente como para contemplar la vista que está más allá del muro de piedra.

La palabra *vista* no es suficiente para describir lo que estoy contemplando. Estamos a gran altura, con las construcciones del castillo detrás y la empinada pendiente de la colina por delante. Toda la ciudad de Edimburgo se extiende como una alfombra debajo de nosotros.

—Guau —exclama Jacob.

—Guau —repito.

—¿Ves? —dice Findley, radiante—. Te dije que el viaje valía la pena.

Y tiene razón.

Este lugar es *imponente*. Por una vez, no me animo a tomar una fotografía, porque sé que una foto nunca podría capturar lo que estoy viendo. De modo que me apoyo sobre la muralla y contemplo todo lo que tengo delante. El Velo tiembla y se agita, y yo cierro los ojos y me imagino que puedo oír el lejano golpeteo de las botas de los soldados, el estruendo de los cañones, el lastimero sonido de una gaita, y...

El canto.

Me estremezco.

¿Oyes eso?, le pregunto a Jacob en silencio, pero cuando responde, parece distraído.

—Debe ser el viento.

Pero no es el viento. Aquí arriba, el viento silba a nuestro alrededor, pero el sonido que escucho es algo distinto.

Esa voz.

Lo sé por la forma en que la música resuena en mis huesos. Intento recordar las palabras de Lara, sus advertencias, pero mis propios pensamientos continúan desenredándose y tengo que aferrarme con fuerza para impedir que se alejen volando.

—¿Cass? —Jacob agita una mano traslúcida delante de mi cara.

Parpadeo y el canto se apaga y es reemplazado por la brisa fina y aguda. Tal vez Jacob tenía razón. Tal vez era solo un truco del aire.

Me alejo de la muralla justo cuando se escucha un *BUM*.

Doy un salto y me tambaleo hacia atrás, pero veo que no soy la única que ha escuchado el *estruendo*. Cerca, asciende una columna de humo y el aire se sacude con el sonido. Findley se limita a sonreír.

—El cañón de la una —explica, como si fuera perfectamente normal que la gente disparara artillería pesada en mitad del día—. Vamos —agrega—. Es mejor que busquemos a tus padres.

Extraigo del bolsillo el plan de grabación, pero lo único que dice es CASTILLO. No es una gran ayuda, considerando que este castillo abarca toda la cima de la colina.

—¿Tienes alguna idea de dónde se encuentran? —le pregunto a Findley.

—No —admite—. Pero no debería ser muy difícil encontrarlos. Imagino que estarán en las barracas o en los calabozos.

Por supuesto. Es lógico. Mis padres no están aquí por las joyas de la corona, la cocina o la Capilla de Santa Margarita: cada lugar señalado orgullosamente por una placa o un letrero. No, estarán sumergidos hasta las rodillas en la parte más oscura de la historia del castillo.

Atravesamos el edificio más cercano, que, según el estandarte de la pared, se trata del Gran Salón. Lo primero que pienso es que se parece al salón comedor de Harry Potter.

—¡Pigworts! —anuncia Jacob en tono triunfal—. ¡Broom ball! ¡Crowpuff!

En realidad, él nunca ha leído los libros y sabe que eso me pone de los nervios, pero también sabe que no tengo tiempo de sentarme y leer de nuevo diez mil páginas para él, de modo que decidí hacerle ver las películas.

—¡Es como la escena con Tumbledore y el Sombrero Mágico! —exclama con júbilo.

Evidentemente, no estaba prestando mucha atención.

Del Gran Salón pasamos a otro patio más pequeño. Aquí, los carteles de los baños públicos y un pequeño café turístico rompen el hechizo.

—Esto rompe la atmósfera, ¿no crees?—señala Jacob.

Findley se detiene para agarrar un vaso de té negro y fuerte. Echo una mirada a mi alrededor, intentando descubrir por qué el castillo parece tan distinto de Mary King's Close. Tal vez sea la cantidad de turistas, o que estamos al aire libre... Según Findley, no cabe duda de que este lugar está embrujado. Y yo puedo sentir el Velo, pero no parece amenazador. Hay un *tap-tap-tap* débil y constante, pero es como una llovizna fina, no como un chubasco.

¿Seré yo, pienso, *o este lugar es mucho menos aterrador que Mary King's Close?*

—¡Shhhh! —susurra Jacob—. ¡No digas eso!

¿Por qué no?

—Atraerás la mala suerte.

Pongo los ojos en blanco.

Luego dejamos atrás el patio, bajamos a los calabozos y desaparece toda esa sensación agradable y sin fantasmas, succionada como el calor por una ventana abierta.

Tiemblo, el aire que me rodea se torna frío repentinamente. Los techos son bajos, las paredes están atravesadas por barras de hierro y hay mensajes garabateados al fondo de las celdas, como si fueran uñas clavadas en la madera. Los vellos de mis brazos se erizan a modo de advertencia.

—Tú has provocado esto —refunfuña Jacob.

—Yo no he traído la mala suerte sobre nosotros —señalo con un fuerte susurro—. El castillo ya estaba embrujado.

—Tal vez. —Sus ojos echan chispas—. Pero no cabe duda de que lo has embrujado todavía *más*.

Quiero decirle que no es así como funcionan las cosas, pero el Velo ya me está envolviendo, tratando de arrastrarme hacia abajo, y el *tap-tap-tap* se vuelve un martilleo. Retrocedo unos pasos hacia la seguridad del patio. Entonces escucho la voz de mi padre, la que utiliza cuando está dando clase.

—Pasamos de una ciudad sepultada a una fortaleza amenazadora. El Castillo de Edimburgo está erigido sobre una plataforma de roca y se ha mantenido vigilante durante casi mil cuatrocientos años…

—Con toda esa historia —interviene mi madre—, no es extraño que el castillo sea el hogar de tantos fantasmas…

Por supuesto que sus voces no provienen del patio espacioso y sin fantasmas que está a nuestras espaldas, sino de debajo de la sala, en la profundidad de los calabozos.

Como si Findley se hubiera dado cuenta de que estoy a punto de salir corriendo, apoya una mano grandota en mi espalda y me insta a moverme hacia adelante, en medio de la oscuridad. Encontramos a mis padres en una celda, la luz del equipo de grabación proyecta sombras irregulares a través de los barrotes.

—Colocaban a los prisioneros de guerra en estas mismas celdas —explica mi madre—. Y si observan atentamente, pueden ver sus mensajes rápidos y desesperados. Claro que esos mensajes no es lo único que ha quedado de ellos.

Oigo unos golpes sordos, como un puño golpeando contra barrotes de hierro.

Nadie parece notarlos.

Aferro la cámara.

—¡Corten! —grita uno de los miembros del equipo.

Mi madre ve a Findley y después a mí, y en su rostro se dibuja una sonrisa.

—¡Cassidy!

—Aquí está nuestra niña —dice mi padre—. Felicidades Findley por convencerla de venir.

—No fue difícil —comenta echándome una mirada cómplice—. Creo que ya estaba un poco impaciente.

—Te has perdido las bóvedas de South Bridge —señala mi madre, colocándome el brazo sobre los hombros. Intento parecer decepcionada, aunque en realidad siento un gran alivio.

Y siento un alivio todavía mayor cuando terminan de grabar, salimos de los calabozos y regresamos al espacio abierto del patio. El equipo se dirige a la próxima localización, las barracas del castillo, pero mis pasos se vuelven más lentos. No porque tenga miedo sino porque otra vez hay música en el aire, alta, dulce y cautivadora.

—Es que hay un gaitero —señala Jacob y tiene razón. Hay un hombre con kilt arriba, en las almenas, el instrumento suena con suavidad en sus manos.

El gaitero no tiene nada de extraño… entonces, ¿por qué tengo esta sensación tan rara? Tal vez solo estoy preocupándome innecesariamente, como diría mi madre. Buscando monstruos en el armario. Sombras en la oscuridad. Es probable que todavía esté inquieta después de lo ocurrido con el hombre de la casa. Conmocionada por toda la cuestión de liberar fantasmas.

Fue muy intenso.

Mi padre me echa una mirada desde donde se encuentra, delante de unas puertas, y me pregunta:

—¿Cass? ¿Vienes?

—Enseguida voy —respondo señalando el cartel de los baños. Jacob me espera fuera mientras me hago a un lado y entro. Cubro el objetivo de la cámara, la apoyo en los lavabos y me mojo un poco la cara. Mis nervios se calman y suspiro, cojo nuevamente la cámara y salgo.

Pero Jacob no está.

¿Jacob?, lo llamo dentro de mi cabeza y luego en voz alta:

—¿Jacob?

No hay respuesta.

Es como si hubiera *desaparecido*. Solo que él no haría otra vez lo mismo, no después de lo de esta mañana.

—¿Jacob? —lo llamo otra vez más fuerte.

Y luego hay un momento de calma en la melodía del gaitero.

La voz de Jacob llega hasta mí, pero es débil, escasa.

—*Cassidy...*

Me doy la vuelta y echo un vistazo al patio. *¿Dónde estás?*

¿Por qué no puedo verlo? ¿Por qué su voz suena tan lejana?

Y luego entiendo lo que pasa: el Velo.

Pero ¿por qué cruzaría sin mí?

¡Ya voy!, pienso y busco la cortina gris.

—*No te ac...* —comienza a decir, pero su voz se corta súbitamente, y yo ya estoy apartando la tela, saliendo a tropezones de un mundo y entrando en otro.

Agua fría, piel entumecida, me quedo sin aire, y luego ya estoy en el otro lado.

A mis ojos les lleva un segundo adaptarse.

Al mundo difuso y a la luz dentro de mi pecho.

A los turistas repentinamente reemplazados por soldados fantasmas que marchan en la plaza del castillo.

A la visión del rostro aterrorizado de Jacob, visible solamente por un instante antes de ser arrastrado hacia los calabozos.

En ese momento, no pienso.

No se me pasa por la cabeza salir corriendo, salir corriendo en *cualquier* otra dirección que no sea hacia mi mejor amigo.

—¡Jacob! —grito, y corro tras él.

Más tarde lamentaré muchas cosas de este momento. El no haber tenido un plan. El no haber quitado la tapa de la cámara. El haber corrido y nada más.

Pero, en este instante, solo puedo pensar en salvar a Jacob.

Me arrojo en el oscuro calabozo.

Las celdas ya no están vacías.

Hombres de uniformes harapientos golpean los barrotes, pero no le presto atención a ninguno de ellos porque Jacob está allí, en el suelo de una celda lejana, inmovilizado por unos seis chicos contra el húmedo suelo de piedra.

Dos de ellos tienen aspecto de haber salido de un elaborado cuadro de época y uno está vestido con harapos. Otros parecen más modernos, casi como si fueran mis compañeros de colegio. Lo único que tienen en común es la fría palidez de su piel y el hecho de que todos están atacando a mi amigo.

Sus manos presionan la boca de Jacob y sus rodillas sujetan sus muñecas. Un chico cubierto de escarcha se sienta sobre su pecho mientras los demás luchan por retenerlo en el suelo.

—¡Apartaros de él! —les ordeno mientras corro hacia a la celda.

Jacob logra liberar su boca el tiempo suficiente como para gritar:

—¡Huye! —Pero no puedo, no quiero, no me marcharé sin él.

—¡Alejaros de mi amigo! —rujo levantando la cámara. Pero la tapa está puesta y, antes de poder quitarla, una mano me sujeta la muñeca y una voz susurra a mi oído.

—Lo siento, cariño. Pero solo me escuchan a mí.

La mano me aprieta con más fuerza y tira de mí con violencia. Por un instante, lo único que veo es el rojo de su capa. Luego, rizos negros y resplandecientes, piel blanca, labios carmesí, que se curvan en una dulce sonrisa.

—Hola, mi querida niña —susurra la Corneja Roja con voz muy suave. Sé que tengo que pelear, pero no puedo, porque ella tiene sus dedos sobre mi piel, sus ojos sobre los míos y su voz melódica en mi cabeza.

—Tú… —murmuro, pero ni siquiera puedo retener mis pensamientos.

Su otra mano sube hasta mi mentón e inclina mi cabeza hacia ella.

—Tanta luz, tanto calor.

—¡Cassidy! —grita Jacob y recobro bruscamente los sentidos, pero ya es muy tarde.

La Corneja Roja se transforma delante de mí.

Su capa ondea violentamente, como atrapada en una ráfaga de viento, y sus dedos se endurecen como si fueran garras. Esboza una sonrisa que se vuelve cruel y su mano se mete con brusquedad dentro de mi pecho.

El frío me atraviesa con rapidez, un frío que me cala hasta los huesos, peor que el fondo del río. Como si unos dedos helados me envolvieran el corazón.

No puedo respirar, no puedo hablar, no puedo hacer nada excepto observar cómo la Corneja retira la mano aferrando un lazo luz azul y blanco. Mi luz. Mi vida.

Tira de él hasta que se suelta.

Y todo se oscurece.

PARTE CUATRO
LA CORNEJA ROJA

Capítulo veinte

—¡Cass... Cassidy! ¡Por Dios, Cassidy, despierta!

Abro los ojos y lo veo todo gris.

Me lleva un segundo recordar dónde estoy, otro más, darme cuenta de que estoy acostada de espaldas. Alzo la vista hacia las piedras tenues y pringosas del techo de la prisión.

Jacob se agazapa a mi lado, sus uñas se hunden en mi hombro y sé que algo va mal, porque no solo siento el contacto de su mano... sino que me duele. Su mano me agarra el brazo con firmeza. Como si fuera de carne y hueso.

—¿Qué ha pasado? —pregunto. Las palabras brotan como un balbuceo confuso.

Jacob me ayuda a enderezarme. Me miro y lanzo un grito ahogado. Estoy difuminada, descolorida como una fotografía, como Jacob, como todos los demás fantasmas del Velo. Pero no es la falta de color lo que me sorprende sino la falta de luz. El resplandor detrás de mis costillas, ese espiral de luz azul y blanca, *ya no está*.

Y entonces, todo regresa violentamente.

La Corneja Roja.

Su mano extendiéndose hacia mi pecho.

El lazo brillante enrollado entre sus dedos.

Otro recuerdo choca contra este: Lara llevándose la mano a su propio pecho.

«Nosotras tenemos algo que ellos quieren».

«Si ella se apodera de una vida como la tuya... sería desastroso».

Me levanto con dificultad, la cabeza me da vueltas.

—¿Dónde está?

A ambos lados, las celdas están llenas de fantasmas prisioneros, pero casi no registro a ninguno de ellos mientras subo trastabillando las escaleras y salgo al patio del castillo.

La plaza está llena de soldados fantasmas con bayonetas, hombres con ropa muy elegante y mujeres que llevan vestidos con corsé. Pero no hay ni rastro de la Corneja.

Estiro la mano para aferrar el Velo, apartarlo con fuerza y lanzarme hacia el mundo de los vivos, pero mis dedos solo agarran aire.

No.

Otra vez no.

—Cassidy —dice Jacob, pero tengo que concentrarme.

Cierro los ojos e intento imaginarme la tela gris entre los dedos, la cortina rozándome las manos y...

Sujeto algo, algo delgado, pero que está allí.

Abro los ojos y exhalo una temblorosa bocanada de aire al ver el Velo en mis manos. Pero cuando intento deslizarlo hacia un lado, no puedo.

No puedo encontrar esa parte de la cortina.

Porque no *está*. El Velo se envuelve alrededor de mis dedos y se dobla ligeramente con la presión, pero por más que tire, la cortina no me permite pasar al otro lado. Lanzo mi peso contra la tela gris, que se estira y se pone tensa, pero no se rompe.

Esa es la razón por la que a los fantasmasles cuesta tanto tocar nuestro mundo, dejar algún tipo de marca.

Pero yo no soy un fantasma.

Estoy en una zona intermedia. Soy una fronteriza. Alguien que *cruza* el Velo.

Eso significa que tengo un pie en cada lado.

Eso significa que puedo regresar.

Tengo que poder regresar.

Jacob está hablando, pero no puedo oírlo por el ruido blanco del pánico que resuena en mis oídos.

Y por la conmoción que siento cuando la veo a *ella*.

Está en el otro extremo del patio y al otro lado del Velo. Pero *puedo* verla, clara como el agua, como si alguien hubiera abierto una ventana a través de la niebla. La capa roja, el cabello negro, la luz de mi vida enrollada alrededor de su mano.

La mujer me mira a través del Velo y sonríe.

Y luego se da la vuelta y se pierde entre la multitud.

No puedo dejarla ir sin hacer algo.

No puedo dejarla *ir*.

Pero ya se ha ido y yo me quedo golpeando el Velo mientras este se va endureciendo entre mis manos y, de ser una cortina, se transforma en una pared.

Finalmente, registro la voz de Jacob.

—Lo siento tanto, Cass. Intenté advertirte que era una trampa. No deberías haber venido a buscarme.

—Tenía que hacerlo —musito, pero las palabras brotan débiles, incluso para mí. Me miro las manos otra vez: no están tan brillantes como deberían, ni tan coloridas, ni tan reales.

No. No. No. La palabra repiquetea en mi cabeza. No sé si es negación o el hecho de que estoy atrapada en el Velo como todos los otros fantasmas y, al igual que ellos, no puedo enfrentar la verdad. La verdad de que, sin esa luz, sin esa vida, estoy... lo contrario de viva, estoy... muer...

—*No* —exclama Jacob con súbita energía—. *No* estás lo contrario de viva. Solo estás *temporalmente sin vida*, que son dos cosas muy distintas. ¿Comprendes? Una se fue para siempre y la otra está *extraviada*, de modo que lo único que tenemos que hacer es *encontrar* tu vida y recuperarla.

En general, soy yo la que aparta a Jacob de los pensamientos macabros. Y aun si se está esforzando demasiado por lograr que le crea, me alivia la idea de que lo intente. Me da algo a lo que aferrarme.

—¿Cassidy...?

Me doy la vuelta al escuchar mi nombre. Viene de muy lejos, distorsionado por el Velo y convertido en un sonido agudo y tenue. Pero yo sé de quién es esa voz. Lo sé desde siempre. *Mamá.*

Y, de repente, el pánico que me embarga se intensifica.

—¡Mamá! —respondo, pero mi voz brota como si fuera lo contrario a un eco, ahogada. Ella nunca me escuchará.

Apoyo la cara con fuerza contra el Velo y me esfuerzo por mirar hacia fuera desde mundo de los muertos y hacia dentro desde la tierra de los vivos. Es como meter la cabeza en un cuenco de agua: no hay aire y te sientes mareada.

—¿Cassidy...?

Esta vez, el que me llama es mi padre. Al principio, su tono es relajado, como si todavía no me hubieran divisado. Como si me hubiera alejado otra vez. Igual que antes. Pero cada vez que mis padres pronuncian mi nombre, sus voces se vuelven más tensas, más agudas, la preocupación les invade con más fuerza.

—¡Estoy aquí! —grito, y alrededor del patio, los hombres y mujeres de aspecto antiguo giran la cabeza.

Pero más allá del Velo, mis padres continúan llamándome.

Yo puedo verlos a ellos, pero ellos no pueden verme a mí.

Yo puedo escucharlos a ellos, pero ellos no pueden escucharme a mí.

Y, de pronto, creo en lo que dijo Lara, en eso de que los fantasmas no están en el Velo por decisión propia. Que están atrapados.

«Los fantasmas no se quedan porque quieran estar ahí».

«Se quedan porque no pueden irse».

Mi padre saca el móvil del abrigo y mi corazón comienza a latir con más fuerza mientras busco en mi bolsillo el teléfono de emergencias. Lo aferro con fuerza hasta que me duelen los dedos. Pero sé de antemano que no dará resultado.

Mi padre marca, espera, pero el teléfono que está en mi mano nunca suena.

Findley aparece junto a mis padres, su entonación escocesa es apenas un susurro a través de la gruesa pared.

—… estoy seguro de que no está lejos…

No tiene ni idea de cuánta razón tiene.

—La encontraremos —continúa.

Desesperada, me vuelvo hacia Jacob.

—Tienes que llamar su atención. Tienes que hacer *algo* desde el otro lado.

—Cass, yo nunca he podido… —dice poniéndose pálido.

—Por favor —le ruego—. Tienes que intentarlo.

Jacob traga saliva y luego asiente con determinación.

—De acuerdo —dice—. Quédate aquí.

Como si tuviera otra opción.

Extiende la mano y el Velo se materializa alrededor de sus dedos, sólido pero flexible, inclinado. Por un segundo, mientras se apoya contra la cortina y la niebla se disipa un poco, puedo ver el mundo que está al otro lado, y pienso que va a dar resultado.

Pero luego su mano comienza a temblar y el Velo lo rechaza. Jacob retrocede tambaleándose y se me cae el alma a los pies.

—No lo entiendo —comenta, frotándose los dedos.

Pero creo que sí lo entiende.

Jacob y yo siempre hemos estado conectados, unidos. Y él siempre pudo cruzar al otro lado, pero eso era cuando *yo* también podía. Él podía venir a mi mundo y yo podía ir al de él. Pero ahora que estoy atrapada aquí, él también lo está.

Un soldado fantasma se interpone ante nosotros, tapándome la vista. El Velo ondea y el mundo que está más allá de él se desvanece como un sueño.

—No es lugar para niños —gruñe el soldado, señalando el patio del castillo—. Marchaos de aquí u os arrojaré al calabozo.

Las voces de mis padres se van apagando.

—Un momento —digo intentando pasar por adelante del hombre, que me agarra alrededor del cuello y me arroja contra Jacob. Rodamos por el empedrado mientras el soldado nos echa una mirada fulminante. Jacob se pone de pie y me ayuda a levantarme.

—Vamos —murmura a mi oído—. No podemos quedarnos aquí.

Pero tampoco puedo abandonar a mis padres.

Jacob me envuelve entre sus brazos y me da un apretón.

—Encontraremos la forma de marcharnos.

Su voz es un ancla. Sus palabras son una balsa.

—Tienes razón —susurro.

Tengo que recuperar mi vida.

Me suelto y comienzo a caminar hacia la entrada del castillo, obligándome a alejarme de mis padres, de Findley y del
equipo, alejándome del sonido de mi nombre que flota en el
aire. Jacob no tiene que preguntar a dónde vamos. Puede leer
mi mente, de modo que ya lo sabe.

Vamos a buscar ayuda.

Capítulo veintiuno

A veces, la ayuda es un lugar y a veces es una persona, y, a veces, es una mezcla de las dos cosas.

Salimos corriendo del castillo, cruzamos la verja levadiza y la entrada principal.

Tenemos que llegar a Lane's End.

Tenemos que encontrar a Lara.

Descendemos apresuradamente los anchos escalones, que nos dejan al final de la Royal Mile. La otra Edimburgo ha desaparecido rápidamente detrás de la cortina. Aquí, en el Velo, cobra forma una ciudad más extraña y antigua, rebosante de… bueno, no de vida pero sí de movimiento. De gente.

Esta es la *verdadera* ciudad de los fantasmas.

Están en todos partes, algunos con ropa moderna y otros con ropa de época. Mientras observo, se desarrollan unas diez escenas distintas, me queda muy claro que Lara tenía razón: cada fantasma está atrapado en su propio tiempo, en su propio círculo cerrado y repetido.

Un grupo de ellos se congrega debajo de un mar de paraguas.

Una mujer de vestido largo empuja un decorado cochecito de bebé mientras arrulla su contenido oculto.

Un grupo de hombres con kilt pasan tambaleándose, el acento es demasiado marcado como para comprenderlo.

—¡Vuelve aquí! —grita un hombre y me doy la vuelta pensando que me habla a mí, pero, un segundo después, un niñito pasa corriendo junto a nosotros aferrando una hogaza de pan. El vendedor arremete contra el niño, que baja corriendo a la calle, justo delante de un caballo y un carruaje.

Extiendo la mano para sujetarlo, pero es muy tarde. El chico tropieza, el caballo se levanta sobre las patas traseras y yo aprieto los ojos con fuerza esperando oír el choque, los gritos, pero nada ocurre. Un momento después, el hombre, el niño, el caballo y el carruaje ya no están. En algún otro lugar, la escena vuelve a comenzar.

—Vamos, Cass —dice Jacob cogiéndome de la mano.

Cuando salimos de la Royal Mile, el mundo parpadea y cambia. Es como pasar de una habitación a otra en una casa interminable. Hay momentos en que parece vacía, un lienzo gris y desnudo, y otros en que los fantasmas y los recuerdos forman una capa tan gruesa que es difícil ver con nitidez.

Una mujer con ropa antigua sale furiosa por una puerta.

Tenues columnas de humo brotan de un edificio al final de la calle.

Un hombre con una capa con capucha advierte a la gente que no salga.

Nunca había estado tanto tiempo en el Velo. A estas alturas, las cosas deberían volverse brumosas, pero, en su lugar, se van volviendo más claras. No me siento mareada ni atontada ni perdida, ni ninguna de las cosas que una persona *viva* se supone que debe sentir si pasa demasiado tiempo en la tierra de los muertos.

Es una mala señal y lo sé, y también lo sabe Jacob, que sostiene mi mano mientras corremos hacia Lane's End. Pero cuanto más cerca estamos, más siento que no estoy yendo por el camino correcto. Lo cual no tiene sentido.

Da media vuelta, dicen mis piernas.

Ve por aquí, dicen mis brazos.

Sígueme, dice mi corazón.

Pero no puedo confiar en ninguno de ellos, no mientras esté aquí en el Velo.

Lane's End aparece frente a nuestros ojos y un leve sollozo de alivio escapa de mi garganta. Estoy tan contenta de ver la puerta roja.

Intento no detenerme demasiado en lo que eso significa, que Lane's End exista dentro del Velo. Que los últimos momentos de alguien deben estar vinculados a este lugar.

Abro la puerta de golpe.

—¡Lara! —la llamo al entrar al vestíbulo.

—¡Lara! —grita Jacob mientras subimos las escaleras hasta el 1A.

Es probable que no pueda escucharnos, no a través del Velo, pero de igual modo la llamamos.

La puerta de su piso está abierta y entramos. Parece más viejo, más raro, lleno de libros y con un empapelado diferente. Claro que este no es el piso de *Lara*, pero, por ahora, es lo más cerca que puedo llegar.

No me queda más remedio que esperar que sea suficiente. Me apoyo contra el Velo e intento ver a través de una cortina que parece estar volviéndose más y más gruesa con el paso de los segundos. Cuando finalmente aparece ante mi vista el mundo que está más allá, se encuentra desenfocado, es como mirar dos tiras de película que no están bien alineadas.

Se me cae el alma a los pies, porque, borroso o no, puedo ver que el apartamento está vacío.

Debería estar sorprendida, pero no lo estoy. Sabía que ella no estaría aquí, aunque no sé *cómo* lo sabía.

—Hola, hola —exclama a mis espaldas una voz grave de marcado acento escocés.

Jacob da un salto mientras yo giro y me encuentro con un hombre mayor, vestido con una bata. Tiene una pipa entre los labios y un libro bajo el brazo. Es un fantasma, esa parte es obvia, pero también hay algo en él que parece ser… sólido. Estar presente. Con el afligido padre de la casa helada, quedaba claro que habíamos entrado en su recuerdo. Aun cuando me hablaba, se encontraba en mitad de una niebla espesa.

Pero este hombre no parece estar atrapado en un círculo sin fin. Cuando nos mira a Jacob y a mí, me doy cuenta de que realmente nos ve.

—¿Puedo ayudaros? —pregunta con voz bondadosa.

—Estoy… buscando a Lara —tartamudeo.

—Me temo que mi sobrina no está en casa.

—¿Su sobrina?

—Qué poca educación la mía —exclama el viejo extendiendo la mano—. Soy Reginald Weathershire. Mis amigos me dicen Reggie.

Por supuesto. El *señor* Weathershire.

Lane's End… este tiene que ser *su* Velo.

—Cassidy Blake —digo, estrechándole la mano.

El señor Weathershire frunce el ceño.

—Ella te ha mencionado. Pero… —El hombre sacude la cabeza de un lado a otro—, dijo que eras… —Señala hacia de mi camisa, donde debería estar la luz—, como ella.

—No soy un fantasma —repongo, estremeciéndome ante la palabra—. Es que ha sido un día muy largo.

—Hola, soy Jacob —interrumpe mi amigo—, y no quiero ser mal educado, pero estamos en un apuro. ¿Sabe a dónde ha ido su sobrina?

—Me temo que no salgo mucho últimamente —responde negando con la cabeza.

El pánico inunda mis pulmones como si fuera agua.

¿Qué voy a hacer para encontrar a Lara?

Giro lentamente, intentando pensar qué hacer, pero el Velo no tiene ninguna respuesta. Cierro los ojos y me obligo a respirar, me concentro en el aire que entra en mis pulmones, el tirón dentro de mi pecho…

Un momento.

¿Un tirón?

Está ahí, justo detrás de las costillas, el mismo tirón que sentí cuando conocí a Lara por primera vez. Como si una cuerda nos uniera. Lo siento ahora, pero no me empuja hacia adentro del apartamento sino hacia el pasillo y hacia las escaleras.

—Tenemos que marcharnos.

—Espera. ¿A dónde? —pregunta Jacob.

—Creo que sé cómo encontrarla —respondo dirigiéndome hacia la puerta.

Pero algo me hace mirar hacia atrás.

El señor Weathershire está al otro lado de la habitación deslizando su libro en un hueco de la estatería. Según Lara, es un fantasma y habría que liberarlo. Pero no parece perdido. No parece atrapado.

—¿Por qué sigue usted aquí? —pregunto.

Echa una mirada a su alrededor teñida de cariño.

—Supongo que no estoy listo para despedirme.

—¿Y Lara le permite quedarse?

—Todos necesitamos a alguien que nos vea con claridad —responde riendo por lo bajo.

Interesante. Tal vez Lara tenga un punto débil después de todo.

—Y tal vez yo sea Skull Shooter —comenta Jacob—. No lo tomes a mal, Cass, pero no me importa el *Hufflepuff* interior de Lara. Lo que me importa es recuperar tu vida y, para lograrlo, tenemos que *encontrarla*.

Jacob tiene razón, por supuesto.

Hago lo que me indica el tirón: bajo las escaleras y salgo a la calle. Mi madre siempre dice que hay que confiar en los instintos, y eso hago.

¿Alguna vez habéis subido a la cima de una colina? Existe ese deseo natural de bajar, la forma en que tus piernas adquieren impulso una vez que empiezas a descender, la fuerza de la gravedad que te envía siempre, siempre, hacia el final de la pendiente.

Eso es lo que siento ahora.

Como si Lara fuera la base de la colina y yo me sintiera atraída hacia ella.

Lo único que tengo que hacer es confiar en mis pies y caminar.

Capítulo veintidós

—Sé que parece una locura —comento después de explicar la atracción que siento mientras nos abrimos paso a través de la ciudad fantasmal.

—No es lo más raro que ha sucedido hoy —dice Jacob, encogiéndose de hombros.

Cuando echo a reír, brota un sonido débil y frenético, y Jacob me da un golpe en el hombro.

A nuestro alrededor, el Velo va y viene, los edificios suben y bajan, los fantasmas pasan de manera intermitente. Debería haber escuchado a mi cuerpo cuando me dijo que iba en la dirección equivocada. Ahora dejo que me guíen. No ignoro el tirón, la voz en mis huesos que me dice que vaya para un lado o para el otro. Los pies me llevan y, con cada paso, la cuerda que nos une a Lara y a mí se vuelve cada vez más tirante hasta que… se afloja.

Me detengo bruscamente.

Pensando que he tomado la dirección equivocada, retrocedo algunos metros hasta que la tensión regresa. Lo intento otra vez, pero, sin importar a dónde vaya, la cuerda se afloja.

Es en este lugar, justo aquí, en donde se supone que debo estar.

El problema es que *justo aquí* no es ningún lugar.

El Velo está vacío, salvo por algunas calles difuminadas y el contorno nublado de sitios que no existen de este lado de la cortina. Es como uno de esos cuadros donde el artista abandona las líneas del bosquejo al llegar a los bordes. Este es un borde, un lugar donde el Velo y el mundo real no están alineados.

Entrecierro los ojos intentando distinguir el otro lado, pero cada vez resulta más difícil ver algo más allá de la cortina. Cuando lo intento, todo está desenfocado y…

Foco.

Eso me da una idea.

La cámara continúa colgando de mi cuello. Podrá ser una cámara rara, que ve un poquito menos y un poquito más. Pero *todas* las cámaras te permiten adaptarte a distintas distancias focales, para poder enfocar cosas que estén cerca o que estén muy lejos. Como el Velo y el mundo real.

Me llevo el objetivo roto al ojo y giro la lente hasta que el Velo que tengo delante se vuelve borroso. Por un segundo, toda la imagen está desenfocada, pero continúo girando el objetivo hasta que el Velo se vuelve una nebulosa y el mundo real, que está más allá, se vuelve de nuevo nítido.

Si ahora estuviéramos en el mundo real, nos encontraríamos dentro de una librería.

BLACKWELL reza el letrero de la pared, escrito con pintura azul y blanca.

—Sígueme —le digo a Jacob.

Él mantiene una mano en mi hombro y yo mantengo el ojo en el visor mientras serpenteamos por un laberinto de clientes y estanterías.

Abajo, indica el tirón de mi pecho, y tomo las escaleras, moviéndome por un mundo que puedo ver pero no tocar, pasando a través de las personas como si ni siquiera estuvieran allí … cuando, en realidad soy yo la que no está.

Llegamos abajo y ahí está ella, en un rincón del café de la librería. Sentada a una mesita redonda, revolviendo una taza de té y leyendo un libro.

—¡Lara! —grito, esperando que sus sentidos estén más sintonizados que los míos.

Levanta la vista y mi esperanza vuela por unos segundos antes de que ella regrese la mirada al libro.

—Lara, por favor.

Una arruga leve se forma en medio de sus ojos, pero eso es todo.

Estiro los brazos y la empujo con toda la fuerza que puedo. O, al menos, lo intento. Mi mano choca contra el Velo y siento como si fuera de cristal y no de tela. El cristal tiembla, pero no se dobla ni se rompe.

Lara se pone de pie, cierra el libro y se dirige a la puerta.

No.

La sigo hacia fuera del café, Jacob pisándome los talones.

—Lara, Lara, Lara, Lara, Lara —la llama Jacob mientras ella dobla la esquina hacia un pasillo vacío, gira de inmediato y atraviesa el Velo sin contratiempos.

—*¿Qué?* —susurra.

Suelto la cámara, que queda colgando de la correa. La librería resplandece como la imagen persistente del flash, brillante y difusa, brillante y difusa.

Pero Lara está ahí.

Real.

—De modo que sí nos has escuchado —señala Jacob.

—Sí, te he escuchado, fantasma —responde bruscamente.

—Me llamo *Jacob* —le espeta.

No tengo tiempo para esto.

—Lara —le digo—. Tenemos un problema.

Finalmente, su atención se desvía hacia mí mientras una respuesta ingeniosa va formándose en sus labios. Pero al verme, gris, difusa y apagada, se detiene. Por primera vez desde que nos conocemos, Lara parece realmente sorprendida. No pensé que sería posible desconcertarla y no sé bien si eso me produce orgullo o terror.

—Cassidy… —murmura.

Yo pensaba que mi estado actual justificaría cierta preocupación, pero me toman por sorpresa las próximas palabras que brotan de su boca:

—¿Qué *has hecho*?

—¡No he hecho *nada*! —refuto.

—Te lo advertí —exclama, las manos en la cadera—. Te dije que te mantuvieras lejos de la Corneja. Y tú… —Se vuelve hacia Jacob—. Te dije que la protegieras. —Se dirige otra vez a mí—. ¡¿Te dejo sola una hora y pierdes el hilo?!

—Realmente no me estás ayudando —respondo, luchando por evitar que el pánico tiña mi voz.

—¿En qué estabas pensando? —continúa—. ¿Dónde estaba tu cámara?

—Tenía la tapa puesta —contesto agachando la cabeza.

Lara levanta las dos manos.

—Genial, Cassidy. —Suspira y se aprieta la nariz—. ¿Y cómo habéis logrado encontrarme?

—No lo sé —respondo—. Fue como si lo *supiera*. Como si hubiera una cuerda que nos uniera.

Lara asiente. Entrecierra los ojos en lo que empiezo a reconocer como su expresión de estar pensando.

—Resulta lógico que experimentemos una atracción mutua. Después de todo, dicen que los parecidos se sienten atraídos. Yo también lo sentí, pero no me había dado cuenta de que tuviera un uso…

—No es por interrumpir tu tormenta de ideas —interviene Jacob—, pero Cassidy es ACTUALMENTE UN FANTASMA.

Es la primera vez que escucho las palabras en voz alta y el estómago me da un vuelco.

—No seas dramático —comenta Lara—. Solo estás atrapada en el Velo —me explica—. Te han robado el hilo de tu vida. Tenemos que *recuperarlo*. Cuéntame exactamente lo que sucedió.

Y eso hago.

Le hablo acerca del castillo, de los niños aterradores, de la Corneja Roja y cómo me robó la vida. Lara escucha toda la historia en silencio, los brazos cruzados y los ojos hacia arriba. Permanece en esa posición, aun cuando ya he acabado.

—Di algo —le ruego mientras un silencio incómodo se instala entre nosotros.

—Estoy pensando.

—Piensa más rápido —dice Jacob.

De pronto, un escalofrío recorre mi cuerpo y, por un instante, me duelen los pulmones, el mundo se vuelve más tenue y siento tanto frío que no puedo ni imaginar que alguna vez vuelva a tener calor.

—¿Cass? —murmura Jacob, los ojos inundados de preocupación—. ¿Qué ha sido eso?

—No lo sé —susurro, intentando evitar que la voz me tiemble. Pero cuando me miro las manos, parecen… más grises.

—No tienes buen aspecto —señala Lara, en un comentario que no ayuda en absoluto. Su propia luz tibia brilla intensamente a través de su camisa.

—Quiero recuperar mi vida —suplico entre el castañeteo de los dientes.

—De acuerdo —dice Lara mordiéndose el labio—. ¿Quieres que te cuente la noticia buena o la mala?

—En este momento, una buena noticia no me vendría nada mal.

—Bueno, aquí va. La Corneja Roja todavía no se *ha adueñado* de tu vida. Aún es tuya. Ella solo la ha cogido prestada.

—¿Y la mala noticia? —pregunto.

—La mala noticia —comienza Lara con tono de vacilación—, es lo que hará con ella.

Ni siquiera quiero preguntar, pero no tengo otra opción.

—¿Qué hará?

—Bueno —responde—. Tiene que desenterrar su cuerpo y colocar tu vida dentro de él. Creo que esa es otra buena noticia: lleva tiempo desenterrar un cuerpo, así que tenemos tiempo hasta que ella logre hacerlo. Pero creo que eso también es una mala noticia. Una vez que coloque el hilo de tu vida en su cuerpo, bueno, ya no habrá forma de deshacer ese nudo. —Lara mira el reloj—. Hay cinco cementerios históricos en Edimburgo y es lógico pensar que ella irá a uno de ellos…

Estoy tan ensimismada en el sube y baja de buenas y malas noticias que me lleva un momento recordar: esa respuesta ya la sé. Findley me lo contó.

—Está enterrada en Greyfriars.

—Bueno —comienza a decir Lara mientras se le ilumina el rostro—, ese sí que es un paso en la dirección correcta. Greyfriars no está lejos de aquí. Vamos.

Se da la vuelta pero la cojo del brazo.

—Espera. No puedes venir con nosotros.

—Vosotros me necesitáis allí.

—Lo sé. Pero necesito que hagas algo primero.

—¿Qué puede ser más importante…?

—Tienes que encontrar a mis padres.

—¿Qué? —exclama Lara poniéndose pálida.

—Están arriba en el castillo, o al menos estaban. Tienes que buscar al equipo de grabación y a Findley, y…

—¿Y qué se supone que tengo que decirles exactamente? —pregunta de manera abrupta—. ¿Que su hija ha quedado atrapada dentro de una aterradora leyenda escocesa?

Me detengo unos segundos a reflexionar si mis padres realmente creerían algo así. Pero su interés por lo sobrenatural es limitado.

—Solo diles que estoy *bien*…

—No soy buena para mentir…

—Haz una excepción. *Por favor*.

Lara sacude la cabeza de un lado a otro pero agrega:

—De acuerdo.

La envuelvo en un abrazo. Lara se pone tensa y luego me da una leve palmada en la espalda. Evito pensar en lo diferente que parece comparada conmigo, mucho más sólida y *real*.

—Ya se me ocurrirá *algo* que decirles —anuncia apartándose—, y luego me encontraré con vosotros en Greyfriars.

—Se da la vuelta para marcharse, una mano levantada hacia

el Velo. Pero antes de abrir la cortina, echa una mirada hacia atrás.

—Cassidy.

—¿Sí?

—Vamos a arreglar todo esto.

Y luego la cortina se agita y ella desaparece.

Capítulo veintitrés

En el Velo, no hay sol, solo un resplandor gris pálido. Pero, por alguna razón, el cielo se oscurece a nuestro alrededor mientras Jacob y yo nos dirigimos hacia Greyfriars Kirk. Como si alguien hubiera cubierto todo de sombra.

La niebla se desliza por las calles y, de pronto, la presencia de los fantasmas resulta amenazadora.

Agarro la cámara con las dos manos, destapada y con el objetivo listo, para el caso de que surjan problemas.

—Me parece que no tenemos un *plan* —comenta Jacob.

—Claro que sí —digo intentando sonar alegre—. El plan es detener a la Corneja Roja y recuperar mi vida.

—Detesto tener que señalarlo, pero ninguno de nosotros está en *buen estado físico.*

—Ya lo sé.

—Y la Corneja está al otro lado del Velo.

—Ya lo sé.

—Y no podemos…

—Ya lo *sé* —exclamo bruscamente y Jacob se estremece.

—Mira —digo respirando hondo—. La vi cuando estaba en el castillo, después de que ella cruzara al otro lado.

—¿Y?

—Y ella estaba al otro lado del Velo, pero igualmente yo podía *verla*, sin tan siquiera esforzarme.

—¿Y qué crees que significa eso? —pregunta Jacob con el ceño fruncido.

—No lo sé con seguridad —admito—. Pero *pienso* que significa que ella ahora es como yo. —Jacob comienza a protestar, pero levanto la mano—. Lo que quiero decir es que pienso que tiene un pie en cada lado. Pienso que una parte de ella todavía está unida al Velo. *Espero* que eso implique que existe una manera de que nosotros la podamos hacer regresar.

No tengo que leer la mente de Jacob para saber qué está pensando. El mismo miedo está dando vueltas y repiqueteando dentro de mi cabeza.

¿Y qué pasaría si no lo logramos?

Pero él es lo bastante amable como para no decirlo en voz alta.

Las cosas, de una en una, pienso. Primero tenemos que llegar al cementerio.

—¡Permanezcan en sus hogares! —grita una voz. Me doy la vuelta y me encuentro con un grupo de figuras encapuchadas con máscaras monstruosas: caras de pájaros con picos largos. Llevan farolillos, de los cuales sale humo en vez de luz.

—¡Protéjanse de las enfermedades! —grita otra—. Estén atentos…

—Pero mira qué cosa más bonita —susurra suavemente una anciana sin dientes mientras me extiende un ramo de flores podridas—. Amapolas para la muchachita. Ven, ven…

Retrocedo y casi golpeo a un soldado.

Hay varios apiñados contra la pared, los cuellos levantados como si azotara un viento polar. Yo no puedo sentir nada pero ellos tiritan y lanzan nubes de humo cuando respiran. Sus ojos se deslizan hacia mí y les pido disculpas mientras Jacob y yo nos apresuramos.

Si fuera una buena cazadora de fantasmas, me detendría y los liberaría a todos. (Pero, ahora que lo pienso, si fuera una buena cazadora de fantasmas, probablemente no estaría metida en todo este lío).

Imagino el mapa en mi cabeza para calmar mis nervios. Estamos al lado de Greyfriars. Solo tenemos que cruzar la calle, recorrer el antiguo camino empedrado y luego…

Una mano aparece de la nada, dedos huesudos y manchados de tierra se clavan en mi muñeca. La mano pertenece a un hombre que está en un carruaje que transporta prisioneros. Su cara se estira en una sonrisa torcida. Una mueca.

—Sácame de aquí, muchachita.

—¡Suéltala! —ordena Jacob, tirando del brazo del prisionero.

Pero los dedos mugrientos sujetan con más fuerza mi piel.

—Sácame de aquí o te romperé…

No lo pienso. Levanto la cámara y le golpeo la cara. Sus ojos se dirigen con violencia hacia el objetivo y me suelta con tanta rapidez que pierdo el equilibrio y retrocedo trastabillando. Jacob me agarra pero la correa de la cámara se suelta y el aparato cae dando vueltas sobre el empedrado.

Se me contrae todo el cuerpo al pensar que va a romperse, pero aterriza con el objetivo hacia arriba. Eludo las manos del prisionero y me agacho para cogerla.

No miro el objetivo deliberadamente.

O, más bien, no pienso que no *deba* mirarlo.

Pero apenas me veo reflejada en el cristal plateado, mi mente se pone en blanco, y luego estoy...

Nuevamente en el río, los pulmones llenos de agua helada y, esta vez, nadie me salva.

Esta vez, no subo a la superficie para buscar aire.

Esta vez, la luz se aleja y yo continúo hundiéndome cada vez más, hasta que...

Mi vista se oscurece.

Y me lleva un segundo darme cuenta de que no se trata de una oscuridad completa sino de las manos de Jacob sobre mis ojos, su voz en mi oído.

—Estás viva. Estás viva. Estás viva.

Vuelvo en mí estremeciéndome. Estoy arrodillada en la calle, los adoquines se clavan en mis pantorrillas y mi pecho sube y baja. Pero estoy aquí. Real. Viva. O lo más cerca que puedo estar en este momento.

—Gracias —musito. Mi voz vacila y Jacob finge no darse cuenta.

—Regla número treinta y tres —anuncia con una sonrisa.

—¿No permitas que tus amigos queden atrapados en el reflejo de su propia imagen?

—Exactamente.

Sé que está intentando hacerme sonreír, pero lo único que surge en mi mente es el horrible frío que he sentido y la sensación profunda de que aquel día podría haber terminado así. Que debería haber terminado así. ¿O realmente terminó *así*?

—Ya basta —dice Jacob con firmeza, leyendo mi mente—. No terminó ni terminará así. Ni de esa manera ni de esta. Ahora levántate que ya casi hemos llegado.

Tiene razón.

La entrada de Greyfriars está justo aquí, doblando la esquina y bajando por un camino empinado. Levanto la cámara y coloco la correa violeta por encima de mi cabeza, cuidando que el objetivo apunte lejos de mí.

Con razón Jacob siempre desviaba la vista. Nunca miraba directamente la lente.

Doblamos y comenzamos a recorrer el camino. La verja de hierro de Greyfriars aparece frente a nosotros. Y ahí, delante de las verjas de metal, hay un chico y una chica, esperando.

Ella es alta y rubia, lleva pantalones vaqueros, un jersey y una bufanda de Slytherin. Parece que hubiera salido directamente de The Elephant House. Pero el chico es de otra época. Tiene el pelo negro y los ojos tristes, y parece salido de un cuadro de un pasado muy remoto. Son tan distintos y, sin embargo, sus rostros tienen la misma expresión vacía. La misma escarcha deslizándose por su piel.

Mis pasos se vuelven más lentos; los de Jacob también.

—Quizá solo quieren hablar... —murmura.

—Quizá —digo, pero no me siento optimista.

La joven se endereza y nos observa.

El joven aparta las verjas de hierro, se saca las manos de los bolsillos y se dirige hacia nosotros, y entonces me doy cuenta de que lo he visto antes. En una foto amarillenta, en la mano de un anciano, en una casa helada.

Si ves a mi hijo...

—Hola, Mathew —lo saludo cuando nos acercamos. Pero él no parpadea, no parece registrar el nombre.

¿Alguna vez habéis escuchado la frase: *No hay nadie en casa?*

Esa es la sensación que tengo ante estos dos chicos que nos observan con ojos vacíos.

—¿Hay algún tipo de contraseña? —pregunta Jacob—. ¿Como *Ábrete, sésamo*?

Más allá de las rejas puedo escuchar el sonido de palas golpeando la tierra. Pero cuando intento pasar alrededor del chico, él se mueve de lugar rápido como un rayo, y me bloquea el paso.

Mis dedos aprietan la cámara.

—Lo siento —digo mientras la sostengo delante del rostro del muchacho, que observa el objetivo con la mirada perdida.

—Observa y escucha —comienzo.

El chico inclina la cabeza.

—Mira y aprende.

Un parpadeo lento.

—Esto es lo que eres.

Permanece inmóvil mientras meto la mano en su pecho, dispuesta a agarrar el hilo.

Pero mis dedos se cierran alrededor de… nada.

No hay lazo ni cuerda.

Solo un espacio vacío.

Tal vez lo he hecho mal. Tal vez…

Su mano se extiende abruptamente y me rodea la garganta.

Sucede tan rápido… de pronto está empujándome contra una pared de piedra.

Una vez, hice un curso de defensa personal. Uno de esos talleres extraescolares en el que nos enseñaban más que nada sentido común (no hables con extraños, evita a los adultos en camionetas que te ofrezcan golosinas o cachorritos), pero hacia el final, nos enseñaron a liberarnos de alguien que nos tiene sujetados. Tampoco es que vaya a acordarme de las instrucciones justo en este instante.

Afortunadamente, no tengo que hacerlo.

Jacob le hace un placaje y los dos ruedan por la calle.

Yo trastabillo mientras respiro profundamente para llenar de aire los pulmones y veo que la chica avanza deprisa hacia mí. La esquivo y ayudo a Jacob a levantarse.

Y hacemos lo único que podemos.

Correr.

Capítulo veinticuatro

—¿Algún plan? —pregunta Jacob mientras huimos por el camino y dejamos atrás Greyfriars.

—Estoy en eso —respondo sin aliento y la cámara se balancea alrededor de mi cuello.

Debería haber funcionado.

¿Por qué no ha sido así?

—Hay algo raro en ellos.

—¿Te refieres a algo más allá del hecho de que nos estén *persiguiendo*? —inquiere Jacob.

Llegamos al comienzo de la calle y nos detenemos en seco.

—Oh, no.

Cuando estaba al otro lado del Velo, podía sentir su peso, la presión que me advertía cuando un lugar estaba embrujado, cuando había fantasmas cerca. Pero desde *este* lado, no puedo sentir nada.

Motivo por el que no me he dado cuenta de *a dónde* estábamos yendo hasta que ya nos encontramos allí.

En Grassmarket.

Desde el otro lado del Velo, Grassmarket era una plaza bulliciosa llena de turistas y de pubs, aire libre e historia.

Aquí, es exactamente lo que solía ser: un sitio donde se realizaban ejecuciones.

El lugar donde cientos de hombres y mujeres encontraban su fin.

La plaza está abarrotada de fantasmas, apiñados alrededor de una plataforma de madera.

—Desvío —susurra Jacob, pero puedo escuchar a los dos chicos corriendo detrás de nosotros y no hay otro lugar adonde ir, ninguna otra forma de salir de ahí, que no sea a través de la plaza.

Cojo la mano de Jacob y nos abrimos paso a través de la densa multitud mientras suben a un hombre a la plataforma. Tiene una cuerda áspera amarrada alrededor del cuello.

Aparto la vista y oculto la cara en el hombro de Jacob, porque hay algunas cosas que es mejor no ver.

Pero la ejecución no se realiza.

Las voces de la muchedumbre se van apagando hasta producirse un inquietante silencio. Y cuando levanto la vista, veo cientos de rostros. La multitud no está mirando al hombre de la plataforma.

Nos está mirando a *nosotros*.

Una mujer se acerca hasta mí arrastrando los pies.

—La Corneja pasó por aquí…

Un hombre se acerca a empujones.

—Dijo que nos liberaría…

Un niño salta y hace piruetas.

—Lo único que teníamos que hacer…

Una anciana tira de mi manga.

—… era atraparte a *ti*.

Lanzo un aullido y levanto la cámara a modo de escudo, y la anciana retrocede trastabillando como si hubiera recibido un golpe.

Jacob me coje del brazo y me lleva hasta el extremo de la plaza.

—¡No podemos escapar de ellos! —exclamo.

—No tenemos que hacerlo —replica.

Y tiene razón. Podremos estar atrapados en el Velo, pero no estamos atrapados aquí, ni atados a ningún lugar ni a ningún círculo cerrado y repetido del tiempo y del recuerdo.

Todo lo que tenemos que hacer es llegar al borde de Grassmarket.

Las manos intentan agarrarnos mientras nos agachamos y giramos en medio de la multitud.

Un hombre sujeta a Jacob del cuello pero yo lo libero, la cámara levantada, y continuamos corriendo lo más rápido que podemos. El aire del borde de Grassmarket destella delante de nosotros mientras la multitud de fantasmas se va cerrando detrás y alrededor de nosotros.

Siento dedos que rozan mi espalda, intentando coger la correa de la cámara, pero justo antes de que lo logren, viramos hacia la izquierda, salimos de la plaza y entramos por una calle estrecha. Luego, Grassmarket se desvanece a nuestra espalda, como una puerta que se cierra con fuerza.

La muchedumbre de fantasmas, la multitud hambrienta, sus gemidos y gritos, todo se esfuma tras un doblez del Velo.

Jacob dobla el cuerpo y respira agitadamente, y yo me desplomo contra la pared, jadeante y temblorosa. La sensación de frío es cada vez peor. No se lo digo a Jacob, pero puede verlo en mi rostro, leerlo en mis aterrorizados pensamientos. Cuando miro mis manos, veo que están descoloridas. Se me está acabando el tiempo.

Estiro la cabeza, aguzando la vista para mirar por encima de los techos hasta que la diviso. A la piedra gris oscura del muro del cementerio.

—Vamos —digo, arrastrando a Jacob detrás de mí.

El muro aparece en medio de las casas y detrás de ellas, y yo no lo pierdo de vista mientras nos movemos, porque lo último que necesito ahora, con la Corneja tan cerca y el tiempo que se va agotando, es *perderme*.

Hemos trazado un gran círculo y nos hallamos en un camino estrecho que corre a lo largo del muro del cementerio, casi hasta la verja, cuando veo Mathew, el chico de los ojos tristes, en la entrada de la callejuela. Hay un niño más pequeño junto a él.

Jacob se detiene súbitamente, se da la vuelta y se topa con la rubia moderna, que tiene otros dos fantasmas detrás.

—¿Algún plan? —pregunta Jacob nuevamente, la voz se va volviendo más aguda por la preocupación.

—Estoy en eso —respondo, retrocediendo hasta que mis hombros chocan contra la piedra del muro del cementerio.

No sé qué quieren los chicos, pero no parece que quieran hablar.

No emiten ningún sonido, ni un susurro ni una risita ni un gruñido. Uno no piensa lo perturbador que puede ser el silencio hasta que está en todas partes.

El círculo de fantasmas se va cerrando como un nudo. No quiero averiguar lo que sucederá cuando cierren el último espacio que nos separa.

—¡No os acerquéis! —ordena Jacob. Como los fantasmas no se detienen, me lanza una mirada de nerviosismo—. Valía la pena intentarlo.

Me aprieto contra la pared. No hay dónde ir. Estamos tan cerca, tan cerca. Puedo escuchar las palas golpeando la tierra desde el otro lado del muro. Los chicos nos rodean, las bocas abiertas y, en lugar de brotar distintas voces, se escucha una sola. La de la Corneja. Su canto perturbador e hipnótico sale de sus labios y las notas llenan el aire.

La mano de Jacob se cierra sobre la mía.

—Trataré de distraerlos —advierte—. Tú corre.

—No —replico automáticamente, porque no puedo soportar la idea de hacer esto sola, de estar atrapada en el Velo o enfrentar a la Corneja sin mi mejor amigo—. Estamos juntos en esto.

—Puf —murmura—. Me alegra que lo hayas dicho. No estoy para nobles sacrificios. Pero… —Observa el círculo de fantasmas—. ¿Qué hacemos ahora?

Levanto la vista y recorro el muro. Está formado por rocas irregulares y la hiedra cae en grupos compactos como si fueran cuerdas.

Se me ocurre una idea.

Se trata, debo admitirlo, de una mala idea.

Coloco las manos alrededor de la cámara.

—Plan —propongo con firmeza—. Cuando se encienda el flash, comenzamos a trepar.

—No soy fanático de las alturas —gruñe Jacob.

—Es hora de enfrentar tus miedos —susurro—. Preparados… listos…

Oprimo el botón.

El flash de la cámara se enciende y, por un cegador segundo, los fantasmas retroceden bruscamente. Y su canto se desvanece.

En ese segundo, subimos.

He trapado más de un metro cuando mi zapato resbala. Me sujeto a una densa liana mientras las piedras me raspan los nudillos y las pantorillas. Consigo enganchar el pie en la ranura de una piedra faltante y continúo ascendiendo por la escarpada pared. No miro hacia abajo hasta que llego arriba.

Alzo la pierna hacia un lado y miro hacia atrás: Jacob se encuentra justo detrás de mí. Empieza a sonreír cuando después se resbala y comienza a caer.

Me lanzo hacia él, le sujeto la mano y lo ayudo a subir al borde de piedra, a mi lado.

—¿Ves? —exclamo—. No ha sido... tan difícil.

Abajo, en la acera, los chicos nos observan impávidos y luego echan a caminar calle arriba.

—¿Tal vez se han dado por vencidos? —pregunta Jacob esperanzado.

Tal vez, pienso. O tal vez están buscando otra forma de entrar. De cualquier forma, no tengo tiempo. Les doy la espalda a los chicos y a la ciudad ondulante, y miro hacia el cementerio.

Greyfriars se extiende debajo de nosotros, expectante.

Se escuchan los tañidos de las campanas de la iglesia, lentos y tristes. Echo un vistazo a la pendiente de césped, abarrotada de lápidas, intentando localizar a la Corneja. La neblina se enrosca entre las tumbas, la luz va descendiendo lentamente y no puedo verla desde aquí.

No puedo verla... pero sé que está allí.

Puedo sentir el tirón de mi hilo perdido, como si su extremo estuviera aún incrustado en mi pecho. Soy una brújula y la Corneja Roja es mi nuevo norte.

Otro escalofrío me atraviesa, un baño integral de frío que me roba el aire de los pulmones y me deja luchando para no perder el equilibrio. Jacob me sujeta y fijo la vista en la presión de su contacto mientras me enderezo lentamente.

Luego me suelta y opta por quedarse a cuatro patas.

—Es totalmente racional tener vértigo —comenta a la defensiva y en voz demasiado alta. Su voz resuena en el crepúsculo y se tapa la boca con la mano.

En este momento, no tenemos muchas ventajas.

La sorpresa es esencial.

Se escucha el ruido de palas más allá de la iglesia y, a través de la niebla, consigo distinguir un pequeño halo de luz azulada. *Mi* luz.

Es hora de recuperarla.

Echo una mirada a mi alrededor y veo un alto sepulcro que se yergue contra el muro. La lápida es un bloque de piedra con una escultura, alas de ángel sobresalen a ambos lados y un rostro emerge de la piedra, como saliendo a buscar a aire.

Intento no mirar los ojos de párpados caídos del ángel ni su boca abierta mientras desciendo contoneándome por la pared y me apoyo en el ala de piedra más cercana, y luego en una mano extendida.

Doy un salto.

Después de una breve caída, mis pies se hunden en suelo arcilloso, espeso, húmedo y recién removido. Jacob aterriza junto a mí un segundo después y se desploma hacia delante, hundiéndose casi hasta los codos. Gruñe mientras se pone de pie.

Me levanto y recorro el lugar y, mientras lo hago, algo sucede.

A nuestro alrededor, el Velo resplandece y el cementerio se mueve, todo el mundo se vuelve difuso durante un largo segundo antes de recobrar su nitidez y su dolorosa familiaridad. Este no es el Greyfriars que vi el otro día, donde había un perro fantasma trotando entre las lápidas y un hombre fumando en la cima de la colina.

No, este es el Greyfriars de *este mismo instante*.

El Velo y el mundo que está más allá están alineados por primera vez, dos imágenes apiladas y desplazadas hasta volverse completamente nítidas.

Lo único que perdura es el mal presentimiento, como dedos descendiendo por mi espalda.

—No lo entiendo —comenta Jacob.

Pero yo sí.

Cada fantasma crea su propio Velo, pinta su recuerdo en un lienzo en blanco. Y esta es *mi* versión.

Si no logro recuperar mi vida, si muero, si muero *realmente*, así será, para mí, el más allá. Permaneceré en este cementerio para siempre, observando a la Corneja desenterrar su cuerpo y clavar mi vida en sus propios huesos.

Pero no me daré por vencida.

No moriré aquí.

Ni en ningún otro lugar.

Capítulo veinticinco

Jacob y yo serpenteamos entre las tumbas, siguiendo el ruido de las palas. Subimos la cuesta y rodeamos la iglesia. Y entonces la veo.

La Corneja Roja está sentada encima de un enorme bloque de piedra, tarareando suavemente, el hilo resplandeciente de mi vida enredado entre sus dedos como en el juego del hilo.

No está cavando.

Pero *sigo* escuchando el ruido de las palas. Veo el destello del acero como chispas en el aire mientras el agujero se agranda a los pies de la Corneja como si fuera un truco de magia.

Y cuando levanto la cámara y miro por el visor, el Velo se vuelve borroso y el mundo real, que está más allá, se vuelve nítido. Los dos lugares se ven iguales, con algunas diferencias *fundamentales*.

En el mundo real, la Corneja continúa situada en el bloque de piedra, pero, en ese lado, no está sola. Dos chicos adolescentes se encuentran hundidos hasta el pecho en la tumba, obviamente embrujados. Tienen la mirada vacía y exhalan humo al respirar mientras sacan palas y palas de tierra de la fosa y la arrojan sobre la loma cubierta de maleza.

Realizo una panorámica del lugar.

Las verjas del cementerio están cerradas con candado. Un golpeteo apagado brota de las puertas cerradas de la iglesia, como si hubiera alguien atrapado dentro. En el cementerio no hay nadie más que la Corneja y los dos muchachos.

Bajo la cámara y el Velo vuelve a enfocarse. Los adolescentes desaparecen y solo queda la Corneja, sosteniendo mi vida robada.

—¿Algún plan? —pregunta Jacob y su voz se abre camino inoportunamente por el hueco entre las palas de tierra.

La Corneja levanta la cabeza abruptamente.

Jacob y yo retrocedemos, nos ocultamos detrás de las lápidas más cercanas y nos apretamos contra las tumbas rotas.

—Lo siento —susurra.

Echo un vistazo por el borde de la piedra y veo el agujero cada vez más profundo de la tumba de la Corneja y, de golpe, se me ocurre un plan.

Sin duda alguna, es un plan muy malo, tal vez el peor que he tenido en mi vida, y Jacob ni siquiera tiene que preguntar porque puede escuchar mis pensamientos, y ya está meneando la cabeza *no no no no no*.

Pero no hay tiempo para discutir.

Las palas han dejado de golpear.

La Corneja se ha bajado del lugar en donde estaba situada.

—Necesito una distracción —susurro—. ¿Me cubres la espalda?

Después de un momento prolongado, Jacob responde:

—Siempre. —Frunce el ceño y agrega—: Pero si mueres, nunca te lo perdonaré.

Lo abrazo y luego lo suelto. Me inclino y me deslizo arrastrándome entre las lápidas, trazando un amplio círculo alrededor del árbol, de la fosa y de la Corneja Roja.

La Corneja camina alrededor de su tumba, mi vida retorcida entre sus dedos. Está a punto de bajar a la fosa cuando la voz de Jacob repiquetea a través del cementerio.

—¡Ey, tú!

La Corneja alza la vista hacia Jacob, que se encuentra encima de una lápida.

—¿Qué tenemos aquí? —pregunta con ese tono inquietante y cantarín—. ¿Un niñito perdido?

—No estoy perdido —responde.

La mujer se encamina hacia él, dándole la espalda a su tumba abierta. Es mi oportunidad. Me dirijo hacia el borde de la fosa mientras Jacob retrocede, la Corneja acechándolo a través de las lápidas.

—Pobrecito —exclama chasqueando la lengua—. Ven a mí.

Con el rabillo del ojo, percibo movimientos fugaces de los adolescentes, difuminados por la cortina del Velo. Se encuentran junto al montículo de tierra de la tumba, la mirada perdida y las manos junto a los costados, aún bajo el hechizo de la Corneja.

Estoy muy cerca del agujero cuando resbalan mis zapatos. La tierra cae como si fuera granizo dentro de la tumba abierta y aterriza sobre el cajón de madera que hay al fondo. Contengo la respiración pero la Corneja no mira hacia atrás, así que bajo a la tumba.

Y al ataúd.

Abro la tapa y luego, aunque no me parezca la decisión más sabia, me obligo a deslizarme en su interior.

Entre los huesos de la Corneja Roja.

Confesión: a pesar del puente y del río, mi peor miedo no es ahogarme: es que me entierren viva. Y, mientras cierro con cuidado la tapa del ataúd y me sumerjo en la oscuridad y el aire viciado, húmedo y sofocante, descubro que mi miedo no ha cambiado.

Encajo mi cuerpo junto a un esqueleto con un vestido rojo descolorido, apretándome contra la pared del cajón. Aferro la cámara y contengo la respiración cuando algo pesado cae sobre la tapa.

Un segundo después, la tapa se abre con un crujido.

Lo primero que veo es mi vida, sostenida como una linterna en la mano de la Corneja.

Pero ella no me ve.

Está tan concentrada en sus huesos que no nota mi presencia hasta que es demasiado tarde, hasta que extiende el brazo para colocar la vida robada dentro de sus costillas y yo levanto súbitamente la mano y la atrapo antes.

El calor se extiende como un rayo por mi brazo, un estallido casi doloroso de luz.

Pero no la suelto, la aferro como si mi vida dependiera de ello, que es básicamente lo que sucede.

—Niña estúpida —susurra.

Tira hacia atrás, intentando llevarse la cuerda, pero ahora estamos conectadas por este hilo que nos une, por la vida que me robó. Mientras se endereza, me lleva consigo fuera del ataúd hasta ponerme de pie y yo ya estoy levantando la cámara con la otra mano, convencida de que lo he logrado, de que la he derrotado…

Pero ella es muy veloz. Muy fuerte.

Su mano libre se cierra sobre el objetivo, tapando el reflejo de la imagen. Me arranca la cámara de las manos y la correa violeta se desgarra cuando la arroja hacia un lado. La cámara choca contra la lápida y escucho el horrendo estrépito del cristal haciéndose añicos mientras la lente se raja, se quiebra, astillas plateadas caen en medio de la tierra de la tumba.

Y antes de que pueda pensar, de que pueda gritar, la Corneja me sujeta y me arroja fuera de la tumba. Se oye el sonido de algo que se rasga vertiginosamente mientras vuelo hacia atrás y aterrizo con fuerza en el suelo. Ruedo por el césped, choco contra una lápida y me quedo sin aire en los pulmones.

Una mano me toca el brazo y pego un salto, pero es Jacob, que se arrodilla a mi lado.

Mi cámara está rota en la tierra, pero no todo ha sido inútil.

Porque no lo he soltado.

—No eres rival para mí —grita la Corneja.

—¿Estás segura? —exclamo poniéndome de pie y sosteniendo en alto el hilo de vida. O, al menos, la mitad de él. El extremo está deshilachado, donde el lazo se partió en dos. La mujer se mira la mano, donde la otra mitad resplandece con una luz reducida, mi vida ahora dividida entre las dos. Lanza un rugido inhumano y se lanza sobre mí.

Es muy rápida, como una sombra, como un pájaro. En un momento está a cuatro tumbas de distancia y, al siguiente, se cierne justo frente a mí, los brazos estirados como alas. Pero en el último instante, una figura se interpone raudamente entre nosotras, y lo único que alcanzo a ver es el revoloteo de una brillante trenza negra antes de que Lara levante el espejo de su colgante.

«¡Observa y escucha!»—, ordena.

Pero la Corneja desvía la mirada justo a tiempo, le da un golpe al colgante, que cae de los dedos de Lara. El collar sale volando en la oscuridad y la Corneja se arroja sobre ella.

Pero Lara salta hacia atrás, escapa justo a tiempo de las garras de la Corneja y se desploma sobre nosotros. Jacob y yo la sujetamos.

—Siento llegar tarde —exclama jadeando.

—Más vale tarde que nunca —comenta Jacob.

—¿Cómo has logrado entrar? —pregunto.

Lara señala el muro del cementerio.

—Por suerte no tengo vértigo. Doy por hecho —agrega— que tenéis un plan.

—Por supuesto que tengo un plan —miento, guardando el hilo resplandeciente en el bolsillo.

La Corneja se desliza otra vez hacia nosotros con la elegancia de una serpiente.

—Bueno —dice Lara—, en caso de que vosotros *no* tengáis un plan, yo sí tengo uno.

Y así sin más, la Corneja queda inmóvil.

No como el afligido padre al mirar al objetivo de mi cámara. El ritmo no se vuelve más lento, no se desliza suavemente del movimiento a la quietud.

No, la Corneja se queda rígida, los brazos apretados a los costados del cuerpo. Se sacude frenéticamente y, a través de la gasa del Velo, diviso a un hombre con una corona de pelo rojo, colocando los brazos alrededor de sus hombros.

Alguien la sujeta y es nada menos que *Findley*.

—¡Atrás, espíritu maligno! —su voz resuena por el cementerio.

—¿*Se lo has contado?* —le pregunto a Lara.

—No era mi intención —responde, ofuscada—. Pero me ha seguido hasta aquí y fue muy insistente.

—¿Y te creyó?

—Nosotros los británicos tenemos una alta tolerancia para lo extraño —comenta encogiéndose de hombros.

—No quiero interrumpir… —interviene Jacob—, pero creo que tenemos un problema.

De inmediato veo por qué.

La Corneja ha dejado de forcejear.

De golpe, se queda inmóvil, real y aterradoramente inmóvil, en los brazos de Findley.

—Ay, niños —suelta con voz lenta y exageradamente dulce—. Esto no va a servir de nada.

Y luego vuelve a cruzar el Velo con tranquilidad. Abandona el mundo de los vivos y entra en la tierra de los muertos. Findley retrocede tambaleándose, los brazos vacíos y se golpea la cabeza contra una lápida.

Pero no hay tiempo para ocuparse de él, porque la Corneja está allí, justo delante de nosotros, sólida y brillante, con sus rizos negros y su capa roja.

—Tu vida me pertenece —afirma. Su voz es hipnótica, cautivadora, pero no permito que me atraiga hacia ella.

—Si quieres el resto de este hilo —exclamo—, tendrás que pasar a través de mí.

—De *nosotros* —corrige Jacob.

—De *todos* nosotros —agrega Lara, a mi lado. Ha recuperado el collar y el espejo gira entre sus dedos.

—¿En serio? —susurra la Corneja con una sonrisa malvada. Sus dientes están rotos, afilados, y cuando toma aire para echarse a cantar, me tapo los oídos con las manos. Lo mismo hacen Jacob y Lara.

Pero no canta para *nosotros*.

Un segundo después, vienen los niños.

Irrumpen en el cementerio, pasan a través de las verjas y rodean las lápidas. Brotan del suelo y se asoman desde detrás de la iglesia.

Vienen de todos partes.

Y vienen a por nosotros.

No… por Jacob y Lara.

Porque la *Corneja* viene a por mí.

Capítulo veintiséis

«No hay dónde escapar», susurra la Corneja.
Pero eso no impide que lo intente.

Me oculto detrás de una lápida mientras mi mente se mueve aceleradamente.

«No hay dónde esconderse ».

Su voz está justo sobre mí, los dedos enroscados sobre la tumba. Me levanto otra vez con dificultad y retrocedo tambaleándome fuera de su alcance.

«Eres mía, eres mía, eres mía», repite mientras me persigue alrededor de las tumbas.

Cerca, Jacob pelea con un par de chicos fantasmas, que intentan inmovilizarlo contra el suelo. Unos metros más lejos, Lara está atrapada en medio de un círculo de niños, el collar resulta inútil ante esos chicos que parecen títeres huecos.

Solo quedamos la Corneja y yo.

Una sola vida pende entre las dos.

Corro entre las lápidas, deseando tener la cámara, deseando tener algo más que la mitad deshilachada de un lazo. Y entonces lo veo. La luz de la luna ilumina las astillas de cristal encima de la tumba abierta de la Corneja.

Sé qué tengo que hacer.

Corro, lo más fuerte que puedo, lo más rápido que puedo.

Puedo escuchar a la Corneja acercándose.

Puedo sentirla pegada a mis talones.

Pero no miro hacia atrás.

Me lanzo hacia el montículo de tierra que está al borde de la tumba y…

Casi lo logro.

Casi.

Mis manos se hunden en la tierra recién removida mientras los dedos de la Corneja se cierran alrededor de mi tobillo, duros como garras. Mi mano encuentra el borde de algo afilado mientras ella me arrastra por el suelo.

El dolor se extiende por la palma de mi mano pero no lo suelto.

Ni cuando la Corneja me obliga a ponerme de pie.

Ni cuando coloca la mano alrededor de mi garganta.

Ni cuando me levanta del suelo hasta que estamos frente a frente. Cara a cara.

—Te atrapé —susurra, su mano libre hundiéndose en mi bolsillo.

—Te atrapé —murmuro levantando mi premio.

Un trozo de cristal de la lente de la cámara, pequeño, plateado y brillante.

El borde está manchado de sangre donde me corta la mano, pero es lo único que tengo, de modo que lo levanto velozmente frente a la cara de la Corneja.

Esta vez, no es suficientemente rápida. Esta vez, sus manos están ocupadas (una alrededor de mi garganta, otra buscando mi vida). Y tampoco puede soltarlas, no antes de ver su imagen reflejada en el cristal.

«Esto es lo que eres», enuncio.

Como si fuera vapor, un grito ahogado silba entre sus labios y sus ojos se agrandan. Su rostro se retuerce de furia y frustración antes de quedar vacío y liso como el hielo.

No sé qué ve la Corneja en el espejo.

¿Una madre de luto vagando por las calles, llamando a su hijo perdido?

¿Una madre malvada robando a niños y niñas de la seguridad de sus hogares?

No sé quién era antes de morir.

Solo sé lo que es ahora.

Un espectro hecho de derrota y de furia, de miedo y de deseo.

Meto la mano a través de la capa roja de la Corneja y dentro del hueco vacío de su pecho. El hilo roza mis dedos, se retuerce bajo mi mano como si fuera un ser vivo, como una serpiente en su cueva, y reprimo el deseo de retroceder. Trago saliva, agarro el hilo y tiro de él hacia afuera. Me pesa en la mano y, en la media luz del cementerio, veo que no es un lazo incoloro como el que saqué del pecho del hombre afligido, sino una *cuerda*.

Una espiral de gruesa cuerda negra, engrosada por decenas de hilos más delgados. Muchos más hilos de los que deberían pertenecer a una sola persona. Porque, claro está, no eran de una sola persona. Esta es la razón por la que no pude encontrar el hilo en el pecho de Mathew. No estaba allí. Estaba *aquí*, cada una de las partes del poder de la Corneja robadas a un niño.

La cuerda resiste, pero enrollo el cordón negro alrededor de los dedos y *tiro*.

Y cuando la cuerda se suelta, no se escucha ningún *pum* ni ningún *crac*, solo experimento la sensación de un gran peso que cede.

El cordón se desmenuza, oscuro y viscoso como el lodo, antes de disolverse en el aire.

Y apenas desaparece la cuerda, lo mismo ocurre con la Corneja.

En un momento está justo aquí, el pelo negro enroscándose alrededor de la capucha de su capa roja y, al siguiente, es una nube de ceniza y humo, y yo me desplomo hacia la tierra fangosa a través de sus manos, que se han desvanecido.

Alrededor del cementerio, los niños robados tiemblan como velas frente a una ventana abierta, y luego, con una sola ráfaga de viento, se apagan… suavemente.

Lara se desploma jadeando contra un árbol, la trenza medio deshecha.

Jacob se encuentra encima de una tumba, sosteniendo una rama con las dos manos como si fuera un bate.

Pero ya no queda nadie con quien pelear.

—Bueno —dice Lara aclarándose la garganta. En su voz se nota un ligerísimo temblor mientras se acomoda la camisa manchada—. Os dije que encontraríamos la forma de arreglar todo.

Me agacho entre los oscuros restos de la Corneja y excavo entre la ceniza hasta que lo encuentro… al lazo deshilachado de luz azul y blanca.

La otra mitad de mi hilo.

Lara lanza un grito ahogado al verlo y no la culpo. Estoy dispuesta a apostar que *ella* nunca ha permitido que un fantasma le robara su vida, que nunca ha visto su propio hilo fuera de la seguridad de su cuerpo, y menos todavía partido en dos.

Extraigo el otro trozo del bolsillo y junto las dos mitades.

Al principio, no sucede nada, y, durante un terrible segundo, creo que he arruinado mi vida. Pero Jacob apoya una mano en mi hombro y, mientras observamos, los hilos comienzan a entretejerse, reparándose hasta que solo queda una línea fina, como una grieta, donde el lazo se desgarró.

Se ve… frágil. Menos parecido a una bombilla y más parecido a una vela, algo que debo proteger del viento. Pero, en mi mano, la luz azulada se mantiene estable, suave y brillante. Todo lo contrario al cordón que extraje de la Corneja.

Llevo el lazo a mi pecho. No tengo ni idea de cómo funciona esto, si hay palabras que se supone que debo pronunciar o una serie de ademanes que debo hacer, como si lanzara un hechizo.

De modo que me siento muy aliviada cuando el lazo se hunde simplemente en mis costillas, simple como una roca en el río, ahí, y luego…

Profiero un grito ahogado y mi visión se vuelve blanca.

Mi vida es…

El aire en los pulmones desfallecientes.

Una mano que sujeta la mía.

Una luz en la oscuridad.

Los guijarros debajo de mí en la orilla helada, agua chorreando de mi cabello y Jacob diciendo «Te agarré».

Y después estoy de regreso, no en el Velo sino en el mundo real, carne y hueso, luz y sombra, rodeada de césped, tierra y lápidas.

Estoy viva.

El aire se parte alrededor de Lara mientras sale del Velo, Jacob detrás. Quiero abrazarlos a los dos, pero Lara no parece ser de las que le gusten los abrazos, y Jacob y yo ya no estamos hechos del mismo material, de modo que me conformo con un gesto de agradecimiento y un cinco fantasmas.

Y entonces la veo, junto a la tumba, medio sepultada debajo de la tierra. A la correa violeta rota.

La cámara. De alguna extraña manera, ha regresado conmigo. La extraigo de la tierra esperando que esté reparada, entera, como yo.

Pero el objetivo continúa roto.

Se me cae el alma a los pies.

—Mmm, Cassidy —dice Lara aclarándose la garganta.

Sigo su mirada que va desde la tumba abierta a los chicos adolescentes que miran aturdidos las palas que tienen en las manos, a Findley, que está en el suelo gruñendo y frotándose la cabeza, al sonido de las sirenas y a los hombres que rompen el candado de la verja, y lo único que puedo pensar es:

Estamos en graves problemas.

PARTE CINCO
HEMOS TERMINADO

Capítulo veintisiete

Por primera vez desde que llegamos a Escocia, no hay una sola nube en el cielo. El sol brilla y el aire es cálido mientras mi padre y yo (y Jacob) nos abrimos paso por la Royal Mile hacia Bellamy, la tienda de fotografía.

Ya han pasado dos días desde lo del cementerio y está confirmado oficialmente que no me permiten salir si no es bajo la vigilancia de un adulto. Mis padres me miran como si fuera a escabullirme en cualquier momento, a esfumarme delante de sus propios ojos.

Cuando dije *problemas*, en realidad, me quedé corta.

Mis padres tuvieron que ir a sacarme de la comisaría de policía. Cuando entraron, me encontraron en medio de Findley y de Lara (y de Jacob, aunque resulta que puedes librarte de muchas cosas cuando nadie puede verte), todos aturdidos y cubiertos de tierra de la tumba.

Es innecesario aclarar que se armó un escándalo. Una acusación de pequeños actos de vandalismo, aunque, afortunadamente, no fui yo quien profanó una tumba. Al menos, no directamente. Los adolescentes declararon que no recordaban nada y, pese a que yo sabía que estaban diciendo la verdad, los policías igualmente dejaron constancia sobre los chicos en el informe que redactaron. Me sentí mal por ellos, pero tienen suerte de estar vivos.

Y yo misma me metí en graves problemas.

Aparentemente, Lara les había contado a mis padres que yo les explicaría *todo* cuando regresara. Solo que no podía hacerlo. No podía explicar a dónde había ido ni qué me había pasado. No podía explicar *nada*… bueno, *podía*, pero era la clase de explicación que conducía a más preguntas que respuestas.

Eso no evitó que *intentara* contarles la verdad.

—Diez puntos por la historia —exclamó mi madre cuando concluí, pero igualmente mi padre me castigó de por vida. Al final, creo que estaban realmente asustados y realmente contentos de que estuviera viva.

Y yo también.

La grabación del primer episodio de *Los Inspectros* concluyó ayer. Mi madre ya está de regreso en el apartamento haciendo las maletas y mirando el material con el equipo. Necesité una hora de súplicas para que mi padre me llevara a Bellamy y, al final, creo que me dijo que sí porque el tiempo está tan agradable que necesitaba una excusa para salir.

Mi cámara podrá estar rota, pero la parte de atrás está intacta. Todavía tiene un carrete dentro y yo quiero ver lo que contiene.

Al llegar al final de la Royal Mile, mi padre y yo nos damos la vuelta para mirar el camino recorrido, la calle desciende como un lazo por la colina.

—Qué gran ciudad —exclama mi padre.

—Sí —concuerdo—. Realmente lo es.

La tienda de fotografía está abierta pero vacía. No hay clientes ni nadie detrás del mostrador. Jacob y mi padre se quedan fuera mientras yo entro. Me resulta raro venir aquí. Echo de menos mi cuarto oscuro y me resulta raro dejarle mis fotografías a otra persona. No ser la primera que vea cómo salieron, que observe las fotos levantándose de la bandeja con líquido de revelado. Pero no me queda otra opción.

—¿Hola? —llamo.

Escucho el rumor de pisadas y, un segundo después, una joven sale de una habitación del fondo. Es mayor que yo, pero no tan mayor como esperaba, debe de tener dieciocho años. Lleva el cabello corto y azul y tiene las uñas pintadas de todos los colores.

—¡*Hiya!* —exclama con marcado acento escocés.

—Quería saber si revelaban carretes en blanco y negro.

—¡No seríamos una gran tienda de fotografía si no lo hiciéramos! A decir verdad —agrega, apoyando los codos en el mostrador—, son mis preferidas. Hay algo especial en esa película vieja… el mundo se ve diferente en blanco y negro. Más extraño. Más mágico. ¿Sabes a qué me refiero? —Sus ojos se desvían hacia la cámara que tengo en las manos—. Por Dios. ¿Qué has hecho con ella? ¿Jugar al fútbol?

Apoyo la cámara maltrecha en el mostrador.

—Sé que está rota —respondo—, pero tiene un carrete dentro, y esperaba que…

Le da un golpecito con una uña.

—¿Puedo? —pregunta levantándola sin esperar la respuesta. Maneja la cámara con cuidado y con cariño mientras le da la vuelta—. Es un modelo viejo, es difícil encontrar algo que encaje.

—¿Algo que encaje?

—*Aye*. Solo tiene el objetivo roto. Bueno, y el visor quebrado. Con eso no puedo ayudarte, pero… —Con un movimiento hábil y un suave chasquido, el objetivo arruinado cae en su mano—. Un leve baño de plata en el cristal… mmm… —Desaparece en el fondo y regresa unos minutos después con un objetivo nuevo. Bueno, no *nuevo*. Es claramente tan viejo como la cámara. Con un giro rápido, lo ensambla—. Ahí tienes.

Mi corazón se anima al ver la cámara arreglada, pero luego se cae.

—No puedo pagarte…

Coloca la cámara en el mostrador.

—En realidad, no puedo vender este objetivo. —Lo gira hacia mí y, por un instante, me estremezco al acordarme de la superficie espejada, del recuerdo, pero cuando miro el objetivo, solo me veo a mí. O más que nada a mí. Por un momento, parece que mi cabello flotara y una luz sobrevolara mi pecho. Pero podría ser un destello de la lente, una ilusión óptica, porque cuando parpadeo, desaparece.

—¿Ves? —dice, dándole unos golpecitos al objetivo—. Tiene un defecto. Justo ahí. —Entrecierro los ojos y veo una manchita, como una sombra difusa, en el interior del cristal—. Hace que las fotografías salgan un poco raras. Me estarías haciendo un favor.

—¿Estás segura? —pregunto mordiéndome el labio.

—¡*Aye!* —responde levantando la cámara—. Te revelaré el carrete y… oh, te queda una foto, ¿lo sabías? —Agita la cámara—. ¿Quieres que la haga?

Echo una mirada a mi alrededor, repentinamente incómoda ante la idea de estar *en* la fotografía en lugar de hacerla. Y luego diviso a Jacob a través de la vidriera, que se encuentra de espaldas a mí mirando pasar a la gente.

—Espera un segundo —digo.

Voy hasta la ventana y apoyo la espalda contra el cristal, de tal forma que Jacob y yo quedamos uno al lado del otro, separados solamente por el cristal y las letras redondeadas de BELLAMY.

Él me ve, echa una mirada por encima del hombro y me sonríe. Le devuelvo la sonrisa y escucho el suave clic de la cámara mientras la empleada hace la foto.

—A esta hora, la luz es muy bonita —comenta, rebobinando la película—. Debería salir bien.

—Gracias —le digo volviendo al mostrador—. Eso espero.

La muchacha abre la parte de atrás de la cámara y extrae el carrete. Siento un hormigueo en los dedos y tengo que reprimir el deseo de agarrarlo. Pero, en su lugar, observo cómo desaparece en un sobre.

—Regresa mañana por la mañana —indica—. Te lo tendré listo.

Esa noche, en Lane's End, pedimos *fish and chips* y nos reunimos (el equipo, mis padres, Findley, Jacob y yo) para ver un primer corte de las secuencias de *Los Inspectros*, «Episodio 1: La Ciudad de los Fantasmas». Desearía que Lara también estuviera aquí, pero no he vuelto a verla desde la noche del incidente en Greyfriars. (Estoy segura de que la señora Weathershire piensa que soy una mala influencia para su sobrina).

Jacob y yo nos sentamos en el sofá uno al lado del otro, mi brazo contra el de él, mientras mi padre narra, en la pantalla del televisor, la historia de Mary King's Close. Mi madre propone dónde cortar y garabatea frases que se podrían agregar con una voz en off. Grim se sienta en el regazo de Findley, a pesar de que el guía lanza carcajadas estrepitosas cada vez que alguien salta delante de la cámara... lo llama «susto contagioso».

Findley asegura que no recuerda nada de la noche en el cementerio, pero tiene una magulladura en la mejilla, medio oculto por la barba, y un brillo en los ojos cada vez que se cruzan con los míos.

En la pantalla, la voz de mi madre resuena por los calabozos del castillo.

Parece que sucedió hace mucho tiempo y muy lejos. Supongo que de alguna manera es así.

Cuando llega la hora de que todos se marchen, Findley me envuelve en un abrazo de oso.

—Gracias —susurro—, por todo.

—Ahora tienes una marca, Cassidy —dice, repentinamente serio—. Debes tener cuidado.

Se me llenan los ojos de lágrimas. No sé bien por qué.

Pero todavía es difícil olvidar.

A la mañana siguiente, tardamos una hora en atrapar a Grim, que ha decidido, en un extraño ataque de *elemental dignidad felina*, que no quiere regresar a su trasportín.

—Vamos, gatito —dice Jacob, intentando asustarlo para que salga de debajo del sillón. Yo elijo la estrategia de trazar una estela de premios para gatos a través de la habitación.

Mientras Jacob y yo arreamos a Grim, mis padres terminan de hacer las maletas y, durante un ratito, todo parece normal. El aire bulle de entusiasmo y una energía nerviosa, todos estamos listos para dejar atrás esta ciudad, aunque por distintos motivos.

Finalmente, Jacob y yo nos desplomamos en el sofá con un Grim enjaulado entremedio.

—¿Te ha arañado? —pregunta mi madre entrando a la habitación.

—No, ¿por qué? —contestó confundida, el ceño fruncido.

—Mira la palma de tu mano.

Bajo la vista. Tiene razón. No sobre Grim sino acerca de mi mano.

Froto con el pulgar la línea roja y superficial, el lugar donde me cortó el trozo de cristal de la lente en el cementerio. No hay un *tajo*, pero todavía me duele.

—No —respondo—. Estoy bien.

Cuando llega la hora de marcharnos, arrastramos las maletas por la escalera, donde nos espera la señora Weathershire.

—¿Así que se marchan? —pregunta alegremente—. Llamaré a un taxi.

Mis padres se dirigen a la acera. Yo estoy justo detrás de ellos, pero me detengo y me doy la vuelta cuando escucho pisadas en la escalera. Esta vez, no es el fantasmal señor Weathershire: es Lara, que se detiene jadeando, como si hubiera temido no llegar a tiempo. Algunos cabellos escapan de su trenza y los acomoda.

—¡Hola! —la saludo, contenta de verla.

—¡Hola! —dice, lanzándole a Jacob una mirada examinadora antes de volver la vista hacia mí.

—¿Cómo te sientes?

—Como si mi vida se hubiera partido en dos —respondo secamente.

—¿En serio? —pregunta, los ojos muy abiertos.

Sacudo la cabeza y echo a reír.

—Me siento bien. Normal. Bueno, lo más normal que se puede pedir. ¿Tú estás metida en serios problemas?

—Nada que no pueda manejar —responde encogiéndose de hombros. Me sorprende ver un destello en sus ojos, algo parecido a la picardía—. Te sorprenderá saber que, ocasionalmente, he roto *algunas* reglas.

Coje uno de mis bolsos y me sigue hasta fuera.

—Tenemos que hablar.

Jacob revolotea alrededor de nosotras.

Danos un segundo, pienso, y frunce el ceño pero se aleja arrastrando los pies.

Lara espera hasta que él se haya ido.

—No le estás haciendo ningún favor —señala— al mantenerlo aquí.

Otra vez con lo mismo.

—Es mi mejor amigo, Lara.

—Eso puede ser cierto, pero hay una diferencia entre querer quedarse y tener mucho miedo de irse. Tienes que liberarlo.

Me vuelvo hacia ella.

—Tú no has liberado a tu tío.

—¿*Qué*? —exclama paralizada.

—Me topé con él cuando te estaba buscando. Es él quien te enseñó, ¿verdad? Sobre los fantasmas y los Intermedios. Sobre el Velo, los espejos, los tratos que hicimos y lo que se supone que debemos hacer. Dijiste que aprendiste de su biblioteca, pero eso no es exactamente cierto, ¿no?

Lara titubea y luego menea la cabeza.

—Él no comenzó a enseñarme hasta después de que…

Sus palabras se apagan y no sé si quiere decir hasta después de que muriera él, o *ella*.

—Tú sabías que estaba aquí —comento—, en Lane's End. Y sabías qué era él y qué eras tú, pero no lo liberaste..

—Él no es como los demás —exclama a la defensiva.

—Lo sé —le espeto—, y Jacob tampoco.

—Tienes razón —admite cruzándose de brazos—. Yo no liberé al tío Reggie, pero tampoco lo hice cruzar desde el otro lado del Velo. —Se acerca más a mí y baja la voz—. Jacob te usó a ti para cruzar al otro lado, y tú lo estás manteniendo aquí, y cuanto más tiempo se quede, más fuerte se volverá. Él es peligroso, Cassidy.

Ambas nos damos la vuelta para mirar a Jacob, que ahora está persiguiendo a un grupo de palomas, tratando de espantarlas para que echen a volar.

—Estoy dispuesta a correr el riesgo —replico.

—De acuerdo —dice Lara con un suspiro—. Pero ten cuidado. —Se gira para marcharse, pero luego vuelve sobre sus pasos—. Ah, antes de que se me olvide… —Se quita el colgante del espejo—. Toma —murmura extendiéndolo hacia mí.

Ya estoy por cogerlo cuando me obligo a detenerme.

—No puedo aceptarlo —señalo—. Tú lo necesitas.

—No te preocupes —dice extrayendo otro del bolsillo—. Siempre tengo uno de repuesto.

Al ver que sigo sin coger el collar, se acerca más y pasa la cadena por encima de mi cabeza.

—Gracias —le digo mientras guardo el disco frío debajo de la camisa—. Por todo.

Lara se encoge de hombros, como si no fuera nada importante, pero las dos sabemos cómo son las cosas. Ambas estamos unidas por algo más que dos colgantes iguales.

Nuestro taxi frena junto a la acera y Lara me extiende un trozo de papel.

—Mi email —explica—. En caso de que vuelvas a meterte en problemas.

—Oh —exclamo—. Lo dudo.

Sorprendentemente, Lara lanza un resoplido, un sonido casi ofensivo. Y luego me da un golpecito en el pecho.

—Ten cuidado con eso.

—Lo tendré —respondo, deslizando los dedos sobre el colgante.

—No me refería al collar —comenta meneando la cabeza.

Tras lo cual, da media vuelta y vuelve a subir los escalones.

—¡Adiós, Lara! —grita Jacob.

—Adiós, fantasma —exclama Lara echando una mirada hacia atrás por encima del hombro.

Y luego desaparece en el interior del edificio.

Grim se encuentra a mi lado y emite un prolongado gruñido desde dentro de la caja. Jacob mira por la ventanilla mientras la ciudad se desliza junto a nosotros, el castillo se cierne amenazador a lo lejos.

Mis padres ya están examinando el próximo archivo, hablando de historias y guiones mientras nos dirigimos hacia una nueva ciudad, un nuevo equipo de grabación y un nuevo guía.

Un nuevo episodio.

Un nuevo capítulo.

Pero antes de marcharnos, queda una última parada.

La chica que está detrás del mostrador de Bellamy me sonríe al verme.

Mis padres se han quedado en el coche, lo que supongo que es un progreso, aunque sé que me llevará un tiempo recuperar su confianza.

La chica desaparece en el fondo de la tienda y regresa con un sobre. Lanza un silbido al apoyarlo sobre el mostrador.

—Algunas son realmente delirantes.

—¿Las has visto?

—Lo siento. —Se encoge de hombros—. Es parte del trabajo. Pero eres habilidosa. Algunas personas no logran este tipo de trucos sin editarlos digitalmente. —Da un golpecito en el sobre con una de sus uñas multicolores—. Has logrado capturar la esencia de esta ciudad —señala extendiéndome las fotografías. Le doy las gracias, las cojo y le pago con el dinero que mi padre me dio en el coche.

»La última foto es mi preferida —agrega guiñando el ojo.

No las miro hasta que estoy otra vez en el taxi.

El sobre está cubierto de fotografías turísticas, parejas posando frente a edificios famosos, comiendo en terrazas o delante de montañas.

Algunas personas viajan y hacen fotografías de edificios.

Yo viajo y hago fotografías de fantasmas.

Saco las fotos del sobre.

Hay una de Lane's End: la señora Weathershire en la puerta con una bandeja de té.

La siguiente es de la Royal Mile, con sus artistas callejeros y multitudes bulliciosas.

Y está Greyfriars, una vez, lleno de turistas. Y, la segunda vez, más gris y neblinoso.

Luego Mary King's Close con sus altos muros y su luz desigual, la sombra de algo extraño asomándose a través de la oscuridad.

Mis padres y Findley de noche, debajo de farolas y Lara en la escalera. El padre afligido en su casa de invierno y el castillo con su «portcullis», sus cañones y sus calabozos.

Después de esto, las cosas se vuelven extrañas. En el Velo. Son unas doce fotos y no ha salido casi nada. Manchas y borrones que podrían ser caras, manos o simplemente una ilusión óptica.

Si no sabes nada, podrías llegar a pensar que la película se expuso al revés.

Pero yo sí sé. Puedo ver a los fantasmas en esos distintos tonos de gris.

Y ahí, al final, está la última foto. La única que no hice *yo*.

En ella, estoy apoyada contra la cristalera de la tienda de fotografía. Al otro lado del cristal hay un borrón, un hilo de humo con la forma de un chico. Podría ser un reflejo extraño, una distorsión, pero no lo es.

Distingo la delatora onda de su pelo. La curva de su boca. El giro de su cabeza mientras mira hacia mí. El extremo de una sonrisa.

Hay una diferencia entre querer quedarse y tener mucho miedo de irse.

En el taxi, Jacob me echa una mirada, como si pudiera leer mi mente. Por supuesto que puede.

—Cuando te salvé del río —confiesa—, tú también me salvaste de algo. —Contengo la respiración. Es la primera vez que Jacob habla de su vida, o de su muerte, de antes de que nos conociéramos. Quiero que continúe hablando, pero, como era de esperar, no lo hace.

Levanta la mano como para chocar los cinco fantasmas, pero esta vez, cuando acercamos nuestras palmas, no hacemos el ruido del choque. No las separamos, las dejamos ahí. Y juro que casi puedo sentir el contacto de su mano.

Cuanto más tiempo se quede, más fuerte se volverá.

Pero después la sensación desaparece.

El coche se detiene fuera del aeropuerto.

Mis padres le pagan al conductor y bajamos todos en tropel: un padre, una madre, una chica, un fantasma y un gato enojado, listos para la siguiente aventura.

Agradecimientos

Este libro está dedicado a varias personas y a una ciudad muy antigua. A la ciudad, ya le di las gracias. A la gente, solo a unas pocas personas que me acordaré de mencionar:

A mi madre, que siempre me alentó a perderme deliberadamente, y a mi padre, que siempre me ayudó a encontrar el camino de regreso.

A Holly, mi agente, y a Aimee, mi editora, por estar siempre listas para la aventura, aun cuando no saben adónde podría conducir.

A Cat, Caro y Ciara, por ser la mejor parte de esta ciudad, y a Dhonielle y Zoraida, por acompañarme en este largo y sinuoso camino.

Al grupo de Scholastic, por permitirme escribir este librito siempre extraño y a veces aterrador.

La autora

Victoria (V. E.) Schwab es la autora best seller #1 de *The New York Times* de más de una docena de novelas de literatura juvenil y para adultos, incluyendo la saga *Una magia más oscura*, *Vicious* y *Vengeful* (próximamente en español), y la bilogía Los Monstruos de Verity (*Una canción salvaje* y *Un dueto oscuro*), también publicada por Puck. Victoria vive en Nashville, Tennessee, pero es habitual encontrarla deambulando por las calles de París o subiendo las colinas escocesas. Acostumbra ocultarse en el rincón de algún café a imaginar historias. Podéis visitarla online en veschwab.com.

ECOSISTEMA DIGITAL